# 愛の岐路

エマ・ダーシー 作

霜月　桂 訳

ハーレクイン・イマージュ

東京・ロンドン・トロント・パリ・ニューヨーク・アムステルダム
ハンブルク・ストックホルム・ミラノ・シドニー・マドリッド・ワルシャワ
ブダペスト・リオデジャネイロ・ルクセンブルク・フリブール・ムンバイ

*BREAKING POINT*

*by Emma Darcy*



*Published by Harlequin Japan, a Division of K.K. HarperCollins Japan, 2024*

**エマ・ダーシー**

オーストラリア生まれ。フランス語と英語の教師を経て、コンピューター・プログラマーに転職。ものを作り出すことへの欲求は、油絵や陶芸、建築デザイン、自宅のインテリアに向けられた。また、人と人とのつながりに興味を持っていたことからロマンス小説の世界に楽しみを見いだすようになり、それが登場人物を個性的に描く独特の作風を生み出すもとになった。多くの名作を遺し、2020年12月、惜しまれつつこの世を去った。

## 主要登場人物

ターニャ・カールトン…………主婦。
ビア・ウェイクフィールド………ターニャの祖母。
レイフ・カールトン…………ターニャの夫。不動産会社の経営者。
ソフィア・カールトン…………レイフの母。
ニッキー・サンドストラム………レイフの秘書。

# 1

　ターニャの視線がまたもや化粧台の上の置き時計へとさまよった。先ほど見たときからまだ一分しかたっていない。だが、一分また一分と時が過ぎるごとに、今夜のパーティーに行くのをレイフに思いとどまらせるチャンスは小さくなっていくのだ。ターニャのいらだちと憤りがまた少しふくれあがる。

　結婚した当初、レイフは帰りが遅くなる場合には必ず電話をくれたものだが、いまではよくよく遅くならないとそんな気づかいは示してくれない。もう一時間や二時間はものの数ではないのだ。わたしがおとなしく家で待っているのを当然と思っている。なんといっても、わたしは彼の妻なのだから！

　ターニャの目に涙がにじんだ。

いったいどこで間違えてしまったのだろう？

みじめな気持で自問した次の瞬間、ターニャの口から自嘲的な笑いがほとばしった。ばかだわ、わたしは！　この結婚は最初から間違っていたのよ。レイフを愛するあまり、当時は気づかなかっただけ。若くて、うぶで、愛に目がくらんでいたから……。でも、もうわたしは精神的には若くないし、うぶでもない、目がくらんでもいない。

　ターニャはまばたきして涙を散らし、爪にマニキュアを塗りはじめた。鮮やかな赤のマニキュアだ。赤はわたしの怒りの色。心が流している血の色。今宵レイフとの結婚生活をこっぱみじんにしかねない激しい大爆発の色。

　レイフがわたしを自分のものにしただけでなく、なぜ結婚までしたのかはわかっている。愛情があったからじゃない、独占したかったからだ。強烈な独占欲ゆえだ。

わたしがバージンだったことにレイフは驚いた。いまどき二十一歳にもなってまだバージンというのは珍しい。でも、ひと昔前の古い道徳観を持った厳格な祖母に育てられたら、わたしでなくてもバージンのまま二十歳を超えてしまうだろう。

おばあちゃんはわたしのボーイフレンドたちに無責任な行動は許すまいとにらみをきかせていたし、わたし自身、簡単に肌を許すことには強い抵抗があった。男の子たちもそう強引には迫ってこなかった。それも無理はない。おばあちゃんを見れば誰だって逃げ腰になる。

ただ、レイフだけが例外だった。

レイフは男の子ではなかった。

ほしいものはがむしゃらに手に入れようとする、ひとりの成熟した男だった。

彼はわたしをひと目見て自分のものにしたいと思い、わたしは彼のまなざしひとつでたちまちのぼせあがった。そして二人が初めて結ばれた晩、レイフはわたしをこのままずっと自分のものにしておこうと決心したのだ。自分ひとりだけのものにしよう、ほかの男には遠くから拝ませてやるだけでいいと。

ある意味ではレイフはおばあちゃんと似ている。二人とも人生の勝者なのだ。

彼はわたしとの結婚をひどく急ぎたがり、わたしは得意な気持になった。だが、おばあちゃんが二カ月の婚約期間をおいて〝ちゃんとした結婚式〟をあげろと主張したのだ。いま思うと、レイフが自分の仕事のことをざっくばらんに話してくれたのはあの二カ月の間だけだった。あの期間にはどんなことでも話してくれた。けれど、それもわたしの薬指に指輪をはめ、法的にも道徳的にも、肉体的にも感情的にも、わたしを完全に自分のものにするまでのことだった。

あのころのわたしはレイフが何をたくらんでいるのか、まるでわかっていなかった。彼といられるだけで幸せだったから、仕事を辞めてほしいという言葉にも躊躇なく従った。彼が言うように、結婚したら仕事なんかしている暇はないだろうと思った。

レイフはわたしのために、シドニーでも有数の高級住宅地であるポッツ・ポイントに豪壮な屋敷を買った。二階には浴室つきの寝室が五部屋に、わたし専用の居間、階下には居間と食堂のほか、客間、ビリヤード室、音楽室が揃ったプールつきの豪邸だ。

その屋敷をレイフはどうとでも好きなようにしていいと言い、相談役としてインテリアデザイナーの女性までつけてくれた。わたしには二人の愛の巣を整える時間がたっぷりあった。いま思えば、あれは赤ん坊に与えるおしゃぶりと同じだったのだ。わたしに機嫌よく時間つぶしをさせ、面倒なことに首を突っこませないためのおもちゃだったのだ。

新婚当時のわたしはレイフの愛を信じて疑わなかった。二人で出かけることもあまりなかったし、屋敷内の装飾が終わるまではお客をよぶこともできなかったけれど、レイフはわたしを独占したいのだと言った。わたしも彼と二人きりでいられるのが嬉しかったし、彼に抱かれることが無上の喜びだった。

そのころはまだ、彼の仕事上のつきあいに常にニッキー・サンドストラムが同伴していることになど気づいてもいなかった。家の内装が終わるまでは、彼が自分の仕事について全然話してくれないことにも気づかなかった。仕事の話となると決まってはぐらかされてしまうことも、気にはとめなかった。なぜなら、彼のほうが今日は何をしたのか、明日は何をする予定なのかと、ベッドに行くまでわたしの話を聞きたがったからだ。そしてベッドに行ってしまえば、お互い愛の行為にのめりこみ、話をすることなど思いもしなかった。

レイフは家の中のことに関するかぎり、なんでもわたしの思うとおりにやらせてくれた。家具選びにもいっさい口を出さなかった。「ここはきみのうちなんだ。なんでもきみの好きなようにしていいんだよ、ターニャ」と彼は言った。

「だって、あなたのうちでもあるのよ、レイフ。あなたの好みにもあわせたいわ」とわたしは言い返した。

レイフはわたしの骨までとろかしそうな笑顔で答えた。「ぼくはきみがいるだけでいいんだ。きみがいるかぎり、ほかのものは何も目に入らないんだよ。きみが幸せでいてくれれば、ぼくも幸せなんだ」

彼の真意も知らず、わたしはその言葉に愛されている喜びをかみしめた。だがレイフがわたしに家の内装をすべてまかせてくれたのは、わたしを彼の所有物として機嫌よく家にいさせておくためにすぎなかったのだ。

それにこんなこともあった。わたしが優雅なアンティーク家具を好むと知り、レイフは驚いたように言ったのだ。「きみはもっとエキゾチックなのを選ぶかと思っていたよ」

わたしは笑いながら答えた。「知らなかったの？わたしは古風な女なのよ」

「それはそうだ」とレイフは満足そうにうなずいた。「むろんきみは古風な女だ」

なんといっても二十一までバージンだったのだから。それにわたしが古風な倫理観の持ち主だということは、レイフにとって喜ばしいことなのだ。何はなくとも妻の貞節だけは信じていられるんだもの！でも、彼はほんとうにわたしを古風な女と思っているわけではない。まったく違った目で見ているのだ。

ターニャは自分が夫婦の寝室として整えた部屋を皮肉な目で見まわした。優雅でロマンチックな、かつて夢に描いていたとおりの寝室だ。柔らかいクリーム色で統一されたカーペットとカーテンとベッド、絹のベッドカバーはクリーム地で、淡いグリーンと藤色(ふじいろ)とピンクの落ち着いた模様が入っている。二つの隅に一脚ずつ置かれているのは淡いグリーンの絹張りの安楽椅子で、いまターニャが腰かけているスツールの前の化粧台はどっしりしたマホガニーのたんすと対になっていた。

　これは淑女の寝室だ。

　もっと違う、売春宿のように煽情的(せんじょうてき)なインテリアにすべきだった。紫のカーペットに黒い絹のシーツ、天井には鏡を張り、床には豹皮(ひょうがわ)を敷く。そのほうがこの部屋で繰り広げられる光景によほどふさわしい。

　もっともどんなインテリアにしようが、レイフにとっては同じなのだろう。どんなインテリアにしても、ここが彼の部屋でもあることがわかるような雰囲気はいっさい漂わないに違いない。彼が彼らしく生きる場所はほかにあるのだから。ここは妻を抱き、眠るだけの場所。その目的さえ果たせるなら、どんな寝室だっていいのだ。彼が内装の進み具合について示してくれた関心は、うわべだけのものにすぎなかったのだ。彼はわたしの体にしか興味がないのだから。

　いいえ、もうひとつあるわ。彼はわたしを自分のものとして世間に見せびらかすのも好きだ。それにわたしを始終連れまわしていれば、わたしは服を買うことに追われ、彼をわずらわせる暇はなくなる。

　実際、新居が片づくと、目のまわるような社交生活が始まった。パーティーに観劇、チャリティー行事にディナー。そういったものに日夜つきあわせてわたしの気持をそらしておけば、おざなりな型どおりの会話だけで夫婦関係を維持でき、無理に意味のある語らいなどしなくてもすませられるというわけだ。結局、親密な時をわかちあえるのはベッドの中でだけ。レイフがわたしに求めているのはそれだけだったのだ。誰かと心を開いて語りあったり、大事なことを話しあったりしたいときには、彼のたいせつな秘書が相手になっていた。

彼はあの陰険な秘書に関する悪口には絶対耳を貸さない。わたしの言うことなど全然聞いてくれないのだ。やがてわたしたちはささいなことで言い争うようになった。喧嘩はわたしの不満がつのるほどに深刻なものになっていった。最初のうちはいつもレイフが折れてくれた。喧嘩の原因がどうでもいいようなことだったからだ。やがて彼は次第に冷たく頑固になり、わたしの気持にまるで理解を示してくれなくなった。そうして最後は決まってベッドで決着をつけようとする。彼にとってはそれがわたしとのあらゆる問題を解決する絶対的な方法なのだ。

ゆうべのように。

ゆうべの電話のあとのように。

ゆうべニッキー・サンドストラムが、レイフを仕事の場で独占するだけでは飽き足りなくなって、わたしたちの家庭にまで入りこもうとしたのだ！　レイフを電話口に出してくれと横柄に言い放つ彼女に、わたしはかっとなった。明日にしてください。どんなご用件か知りませんけど。そう答えてがちゃんと電話を切った。レイフは腹を立て、また喧嘩になった。そして最後にはベッドで、わたしの心からニッキーに対する憤懣を吹きとばそうとした。でも、いくらレイフに抱かれようが、ゆうべの電話の件は忘れられない。今夜は彼女のそばには行かせないわ。

長いことかかってしまったけれど、ついにわたしにも現実が見えてきたのだ。今夜がきっと正念場になる。

もしレイフがわたしの気持をわかろうとしないなら、まるで譲歩する気がないのなら、そのときはもうおしまいだ。わたしだって人間なのだ。ちまちまと家の中のことをやったり、衣装を買いこんだりしているだけでは生きているかいがない。子どもを持つ権利だってあるはずだ。いつまでもかごの鳥ではいたくない。もうこんな生活は変えるべきなのだ。この結婚生活が形ばかりの空虚なものだということをレイフがあくまで認めないつもりなら……。そこでターニャは絶望したように頭をふる。

レイフと別れたくない。

レイフを愛している。どうしようもないくらいに。

彼を求める情熱の激しさには、われながらぞっとしてしまう。彼に見つめられただけでわたしは……いや、もう見つめられるだけでは足りない！　もう単なるベッドのお相手に甘んじていることはできないわ。あるいはきれいなかごの鳥に。

レイフは子どももほしがらない。まだ早いよ、と言い続けている。いつだって〝まだ早い〟なのだ。たぶん永久に子どもを持つつもりはないのだろう。妊娠後期に入ったら、彼がわたしに求めることが二つかなわなくなるから……。この家――これは家庭ではなくて、ただの家だ――は、永久にからっぽのままだろう。からっぽ――わたしたちの結婚生活と同じように。

なぜ？　なぜレイフは、わたしが彼を愛するように、わたしを愛することができないの？

アストン・マーティンの力強いエンジン音が窓の下の私道のほうから響いてくる。ターニャの心臓がぴくりとはねた。レイフが帰ってきたのだ。ずいぶん遅いご帰館だこと！　彼はわたしを抱くつもり？　抱いたあとはどうするの？　また距離をとってわたしをよせつけないつもり？　いつものように仕事に戻るの？　〝さあターニャ、いい子だから言うことをきいて。ぼくには大事な考えごとがあるんだから〟彼が態度でほのめかしているのは、いつだってそういうことなのだ。

玄関のドアがあく音がした。が、ターニャは聞こえないふりをする。階下に駆けおりて彼を出迎えるようでは目的の達成はおぼつかない。胸の谷間がちらりと見えるようにローブの胸もとをゆるめ、細いウエストと豊かなヒップを強調するためにベルトをきつくしめあげると、ターニャはマニキュアの仕上げにとりかかりながら心につぶやいた。

さあ、いまからあなたのほしいものをあげるわ、レイフ。そうしてそのあとで、もっと人間らしい本物の結婚生活を模索してみましょう。

## 2

素知らぬふりをしてマニキュアを塗り続けながらも、ターニャにはレイフが寝室の戸口まで来たのがはっきりわかった。まるで彼の発する目に見えない力にたちまち包みこまれてしまったかのようだ。全身になめるような熱い視線を感じる。

自分を所有物扱いするその目にターニャは強い嫌悪感を覚えるようになっていたが、それでも体が反応してしまうのをどうすることもできなかった。レイフの目は彼女の肌にしみとおり、胸をしめつけ、体の奥に熱いものをあふれさせる。気持をわかってくれない彼が憎くてたまらないのに、あの目で見つめられただけでいまも体がうずきだす。

ターニャは不意に震えだした手でなんとか最後の爪を塗り終えた。指にマニキュアがひと筋はみだしてしまい、心の中で悪態をつく。レイフがあくまで今夜の仕事がらみのいまいましいパーティーに行くと言うなら、わたしはおよそ完璧とは言いがたい装いで同行してあげるわ。ターニャはマニキュアブラシを瓶の中に突っこみ、きつく蓋をしめると、早く乾くように指を広げて上下にふった。

「今夜は赤を着るのかい?」

官能をくすぐるそのくぐもった声に、ターニャはますます強く彼を意識する。だが、化粧台の鏡に目をあげ、そこに映ったレイフを見て驚きの表情を作ってみせた。彼は片手にスーツの上着とタイを、もう一方の手には例によってオンザロックのグラスを持ち、ものうげに戸口によりかかっている。オンザロックは彼にとってくつろげる飲みもの、そしてわたしはくつろげる妻……ともに生活し人生をわかちあう相手ではなく、しばし現実を忘れて非日常的な快楽の世界にひたるための道具にすぎないのだ。

どうしてもパーティーに行くつもりなら……と、ターニャは今夜のために買ったドレスを思いうかべて微笑した。「いいえ、黒よ」黒は喪の色、絶望の色。「ただいまくらい言ってくれたらよかったのに」たしなめるように言葉を続ける。

レイフは白い歯を見せ、ぞくぞくするような微笑を返した。獲物を見つけた狼の微笑だ。「気を散らしたら悪いと思ってね」と口では言うが、鮮やかなブルーの目にきらめく欲望が、ターニャを見ているだけで刺激を感じていたことを暴露している。わたしの思惑どおりだ。わたしの予定どおり。

レイフに対するわたしの唯一の武器がこの体なのだ。身にまとっている薄いローブのおかげで、いま彼は間違いなく欲望にとらわれている。ローブの下には何も着ていない。いつでも愛撫を受けられるように、いますぐ抱かれてもいいように。

レイフは上着とタイをベッドの上に放りながら、ゆっくりと近づいてきた。とたんにターニャの動悸が激しくなる。レイフの引きしまった筋肉質の体はターニャを脅えさせもし、引きつけもする。初めて会った瞬間、レイフはほかのいっさいの男性のイメージを蹴散らし、ただひとりの男としてターニャの心にその姿を焼きつけたのだ。ターニャは彼を愛していた。彼がほしかった。彼が必要だった。でも、彼のせいでターニャの魂は枯れてしなびようとしている。

化粧台の前に座ったまま、ターニャは鏡の中をじっと見つめた。レイフが一歩一歩近づいてくる。イタリア人である母親譲りの小麦色の肌と黒い髪。そのせいで目はいっそう青く、歯はいっそう白く見える。まったく罪なほどの男っぷりだ。女なら誰でも顔を見ただけで、彼に抱かれるのはどんな感じか知りたいと思ってしまうだろう。

きりっとした黒い眉やあらけずりな顔立ちは自分の内の優しさ、弱さをいっさい否定している。だが口もとは見るからにセクシーで、その唇の愛撫を受けた女は、女に生まれてよかったと心から思うに違いない。確かに肉体的な意味では女を幸せにする唇だ。

でも、ハンサムな顔がくっついている頭の中には、整然と保管金庫が並べられているのだ。各金庫にはラベルがはられ、必要なとき以外は出し入れされない。わたしはラベルに妻と書かれ、〝ベッドの相手〟と小見出しのついた金庫に入れられている。彼の心がしまわれているほかの金庫は、わたしにはあけられない。でも、今夜はこの体を鍵にして、レイフのほかの金庫をあけてみせるわ。それが無理なら、もうすべてをめちゃくちゃにしてみせる。

レイフはいま、ターニャの肩に腕をまわしながら、身をかがめてウイスキーグラスを化粧台の上に置いた。頭の中で時間を計算し、約束の時間に間にあわせられるかどうかをはかっているのが明らかだ。

「んー……新しい香水だ」と彼はささやいた。「いいにおいだ」

「ディオールのプワゾンよ」

「ぼくには毒のにおいとは思えない」

ターニャはほほえむ。「いまにわかるわ」

その皮肉にレイフは気づかなかった。エキゾチックな香りの下には官能的な香りが立ちこめている。レイフが好きなのはそれだ。エキゾチックに愛しあうこと。エキゾチックなターニャ。

鏡に映っている彼女の姿は確かに魅力的だ。肌は白くなめらかで、深みのあるとび色の髪は顔のまわりで豊かに波打って肩先にこぼれている。古典的美人という顔立ちではないけれど、この顔が男を吸いよせる魅力にあふれていることは、当のターニャも経験上知っている。

黒い眉の下には大きなグリーンの目。瞳はきらりと輝いており、長く濃いまつげが妖艶な雰囲気を漂わせている。鼻はつんととがって女らしく、唇はふっくらといかにも柔らかそうだ。なだらかな顎のそこだけぽつんとへこんだえくぼには、男心をそそる何か神秘的な魔力があるらしい。

レイフの手がグラスから離れ、ターニャの髪をかきあげた。背をかがめてすんなりした喉もとから耳へと唇を這わせ、プワゾンの濃密な香りを深く吸いこむ。「きみにふさわしい香りだ」

耳に熱い舌を感じ、ターニャはその痺れるような感覚に思わず頭をのけぞらせた。レイフはしたりげに低く忍び笑いをもらす。何をすればわたしがどう反応するか、すべて知りつくしているのだ。自分がいとも簡単にわたしの欲望をかき立てられることに、レイフはこの上ない喜びを感じている。

でも、こういうことだけに関して言えばお互いさまだ。わたしのほうも彼の欲望をかき立てることができるのだから。

今夜はわたしから彼を誘惑しよう。彼を夢中にさせ、時間など忘れさせなくては。そうして今夜はずっとわたしと家にいるよう説得するのだ。深い充足感を得たあとなら、彼もわたしの話を聞く気になるかもしれない。わたしの気持をわかってくれるかもしれない。ターニャは彼にしなだれかかり、飼い主にすりよる猫のようにわざと体をこすりつけた。

レイフの体にさっと力がみなぎった。ターニャは鏡の中の彼を目でそそのかす。彼は欲望をめらめらと燃えあがらせ、もどかしげにターニャのローブの胸もとをかきわけた。

これで第一段階は成功だわ！　彼は時間に遅れまいと、手っとり早くすませるつもりだろうけれど、そうはさせない。

レイフは白絹のようになめらかな胸のふくらみをゆっくり愛撫しながら、じっと鏡を見ている。ターニャも鏡に映った自分たちを見つめている。鏡の中の光景はターニャの官能をくすぐった。

自分がこんなにもたやすく、こんなにもはっきりとわたしを興奮させられることに、レイフは深い満足感を感じている。わたしにはそれがよくわかる。でも、今夜はなんとか自分をコントロールしなくては。彼をじらし、時間をかけさせ、家にいさせるのだ。わたしの話に耳を傾けさせるのだ。

レイフの愛撫は少しずつターニャを限界へと追いつめていく。彼はわたしが我慢できなくなるのを待っているのだ。わたしが彼を求めるあまり、何も考えられなくなってしまうのを。われを忘れ、心すらなくしてしまうのを……。心――彼には心を許して語りあう相手がいる。秘書のニッキー・サンドストラム。レイフにとっては彼女が絶対不可欠な存在なのだ。彼には妻の心は必要ない。欲望をみたしてくれる体さえあればいいのだ。しかも彼はニッキーと心だけでなく、その体まで許しあっているのかもしれない！

　ターニャはレイフの愛撫に屈してしまうのをできるだけ先に引きのばそうと、全身を駆け抜ける喜びを必死に抑えこんだ。レイフは挑むように目を輝かせ、彼女の胸からウエスト、ウエストから二の腕、そしてまた胸へと小麦色の手を這わせていく。

　ターニャのこめかみで血がどくどくと音をたてる。快感がいやおうなしに高まり、グリーンの目に金色の炎が燃えあがる。津波のように押しよせてきた欲望に抗（あらが）いきれず、彼女は後ろに手を伸ばしてレイフのたくましい腿に爪を立てた。

　彼はぶるっと身震いすると、両手でターニャのウエストを抱きかかえてベッドに向かった。せっぱつまった思いが、せかせかした足どりに表れている。

　ターニャはベッドの上におろされても、まだ彼の首にしがみついたまま熱っぽく唇を貪（むさぼ）った。レイフは彼女の腕から逃れるように体を引き、スラックスのファスナーをおろしはじめた。

「いやよ！」とターニャは叫んだ。「こんなふうなのはいや！」

「ターニャ……」レイフは苦しげなしゃがれ声で言った。「わざとぼくを挑発したんだろう？」

「ええ」ターニャは素直に認める。

「だったら早くしなければならないってことはわかっているはずだ。時間がないんだから」

「それじゃ、単に欲望をみたそうとしているだけじゃないの。わたしはそんなのいやよ」なじるように言うと彼女は起きあがろうとした。

　だが、すかさずレイフがその体を押さえつけ、全身でおおいかぶさってくる。「お互い望んでいることだ」

「あなただけ服を着たままなんていやよ」

「だが、ぼくと愛しあいたいんだろう?」

愛しあう。愛しあうという言葉がセックスするという意味でも使われるなんて、言葉というのはなんといまわしいのだろう! それとも愛とセックスは不可分のものであって、区別のつけようがないの?

「ええ」ターニャは正直に答えた。

レイフはにんまりと笑い、ターニャを放して上体を起こした。「それじゃきみが服を脱がせてくれ」意地悪く目をきらめかせて言う。

ターニャの胸にむらむらと対抗心がわきあがってきた。レイフにそう簡単に勝たせたくはない。彼女はキングサイズのベッドの端までころがっていき、枕を背に横座りになると挑戦的な目をして言った。

「わたしがほしいなら自分で服を脱ぐことね! わたしはあなたの奴隷じゃないのよ、レイフ!」

レイフは嘲るように笑い声をあげ、彼女を見おろしながらシャツのボタンをはずしはじめた。「いとしの君は、今夜はやけに挑発的だね」

「わたしのこと、いとしいと思ってる?」ターニャは彼の言葉にすがりつくように尋ねた。

レイフはシャツを脱ぎ捨てた。「これからたっぷり証明してあげるよ」

要するにわたしは彼の所有物なのだ、とターニャは暗い気持になった。だがレイフのつややかな裸身を見ると、体の奥にとめようもなく甘美なおののきが走る。彼は肉体美を誇示するように、悠然とベッドのこちら側にまわってきた。ターニャは心臓を激しくとどろかせながらも傲然とレイフを見つめ返し、彼が手の届くところまで来るとぱっと身をひるがえして逃げた。「まずはわたしをつかまえることだわ」と不敵に言い放つ。

だが、彼女の敏捷さもレイフにはかなわなかった。

彼はさっとターニャの足首をつかみ、笑いながら引きよせると両手も押さえつけてベッドに組み敷いた。勝ち誇ったようにターニャを見おろし、それから一気に唇を奪う。そのとたん、二人の情熱がひとつにとけあって燃えあがった。

仕事のことなんか忘れさせてみせるわ、とターニャは心の内で叫んだ。わたし以外のすべてを忘れさせてみせる。彼女はくちづけから逃れ、かすれた声でささやいた。「あなたにさわらせて」

さわるだけじゃないわ。あなたを悦楽の淵にまで引きずりこんでみせる。そうすれば終わったあと、あなたはその手にわたしを抱きしめ、愛しているとささやいてくれるわね？　きみ以外の女性は考えられない、きみはぼくにとってそれほど特別な存在なのだと……。

「ターニャ……」飢えたようなそのうめき声には、これまでにない差し迫った響きがあった。レイフはわたしのものだわ！　今夜はニッキー・サンドストラムになんか渡すものですか！

レイフは激しく鼓動しているターニャの胸に顔をうずめた。ターニャは苦痛と紙一重の強烈な喜びに全身を貫かれ、われを忘れてしまいそうになる。だめ、まだ早すぎるわ。彼に抱かれると、どうしてわたしは自制がきかなくなってしまうの？

「レイフ……わたしのローブを……」ターニャはあえぐように言った。

レイフは彼女の腕から乱暴にローブをはぎとって床に投げ捨てると、彼女を引きよせて抱きしめようとした。

が、ターニャはそれを押しとどめてささやいた。

「まだだめ」そして彼をあおむけにさせ、その体に唇を這わせて甘く狂おしい拷問を加えていく。レイフは彼女の奔放さに陶然としているのか、彼らしくもなくおとなしく下になったまま、彼女の髪をまさぐっている。と、全身を小さくわななかせ、切迫したうめき声をあげた。その声でターニャは、もうこれ以上彼をとめられないことを知った。

レイフはいまや凶暴な力そのものと化し、地震が起ころうが嵐が来ようが、目的をとげずにはいられなかった。それでも彼はいつもと同じ優しさと、いつもと同じ力強さでターニャを忘我の境地にいざなっていった。ああ、ニッキー・サンドストラムにいまのわたしたちを見せつけたい。

やがてレイフはがっくりとターニャの腕の中に倒れこみ、彼女の喉もとに顔をうずめた。彼が呼吸を整える間、ターニャはその背中を抱きしめ、髪をそっと撫でた。このしみじみとむつましいひとときが、死ぬまで続いてくれたらどんなにいいだろう。レイフはなぜ子どもをほしがらないの？　わたしの中に熱い命をそそぎこみながら子どもは作らないなんて、自然の理に反してるわ。彼さえ望めば、わたしのおなかの中で二人の生命をひとつに実らせることができるのに。

ふとレイフが顔をあげ、じっとターニャを見つめた。ブルーの目には妙に物問いたげな光が宿っている。が、彼はその光をすぐにまぶたで隠し、ターニャの唇に軽くキスした。

今度は彼のほうが抱きしめてくれる番だわ、とターニャは思った。わたしを抱きしめ、どうしたのかときいてくれるはずだ。ターニャはもう一度、優しく愛情のこもったキスをしてほしくて、誘いかけるようなまなざしでレイフを見た。レイフはちょっとためらってから、おもむろに半身を起こすと、しかめっつらで時計を見た。

そんな……そんなばかな。お願い、やめて。そんなのってないわ。そんなばかな……。

「時間に遅れてしまう」レイフは無情な声で言った。

「レイフ……」ターニャは彼の首に両手を巻きつけ

て引きよせた。「行くのはやめましょう」哀願するように、誘いこむようにささやく。「二人で家にいましょうよ」

レイフは心を動かされたようだった。だが、次の瞬間にはこう言った。「約束しているんだ、行かないわけにはいかないよ。いまから出てもすでに遅刻だ。もう行かなくては。ぼくにとって今夜のパーティーがどんなに大事かはわかっているだろう？」

「わたしよりも大事なの？」

レイフは返事を考えるようにターニャをまじまじと見つめた。「つまらない質問だ。ぼくが考えているのはいつだってきみのことだよ、ターニャ」

ターニャは口をとがらせ、片手で彼の耳を撫でた。彼を引きとめるためならなんだってするつもりだ。

「二人でうちにいたいのよ」かすれ声でささやく。

レイフは小さく身震いし、ため息をもらした。口もとはゆがみ、困ったような笑みをうかべている。

「だめだよ、ターニャ。今夜はもう十分だ。色じかけの作戦は次回までとっておきなさい。そのときにはぼくもすっかり回復して、きみのご要望にこたえられるだろうから」

そんなのは口実だ。レイフはその気になれば何度でも挑みかかれる男だ。いまはただ仕事に戻りたいだけなのだ。

「わたしがこんなに頼んでいるのに？」ターニャは寂しげに言う。パーティーと称する会議に連れていかれるよりも、彼に抱きしめていてほしい。

「ぼくたちの気まぐれでみんなをすっぽかすわけにはいかないよ」きみの気まぐれで、とレイフは言いたいのだ。「それにニッキー・サンドストラムも待っているだろう。彼女と今夜の戦略を練ってあるんだから」そう言うと彼はターニャがとめる間もなくベッドからおり、浴室に向かった。

ニッキー！　やっぱりあなたはあの秘書の鑑(かがみ)を

がっかりさせることはできないのね。

「レイフ！」ターニャはとがった声で呼びかけた。

レイフは眉をひそめてふり返る。

「わたしは行きたくないわ」ターニャはきっぱりと言った。彼がすでに気持を切りかえてしまったことはわかっていたが、どちらにしろ自分の気持ははっきり伝えておきたい。

「なぜ？」

なぜなら仕事がらみのパーティーだからよ。それにあの秘書がわたしに慇懃無礼な態度をとるから。あなたが自分の考えをわたしではなく彼女にばかり話すから。彼女はそれが嬉しくてたまらないのよ。あなたと人生を共有しているのはわたしではなく自分なのだと、優越感にひたっているのよ。

「あなたが急病になったということにすれば、あのスーパーウーマンがひとりでなんとかしてくれるわよ」ターニャは極力声に嫉妬をまじえまいとしたが、うまくいかなかった。

「ぼくが急病になどなりそうもないことはニッキーも知っている」レイフは落ち着き払って言った。「さあ、いい子だから早く服を着て」

そしてまた浴室に行こうとした。

「いい子になんかなりたくないわ！」自分を子ども扱いする彼に腹を立て、ターニャは叫んだ。

いつだってこうなのだ。わたしはニッキーと違い、対等な人間として認めてもらえない。わたしがまだ子どもだったころからあの才走ったブロンド女性がずっと彼のそばにいたことを、いつもそれとなく思いださせられるのだ。確かに三十四歳のレイフから見たら、二十三歳の妻は幼く見えるだろう。だけどわたしはもう子どもじゃないわ。だってあなたが女にしてくれたんだから。そうでしょう？

レイフはターニャの癇癪に、いらだたしげに口もとを曲げている。

「わたしはわたしでいたいのよ」ターニャは投げつけるように言った。

「きみはきみだ」レイフの声は冷たい。

要するに話はこれで終わりというわけね。わたしとわかちあうのはいつもベッドの上のひとときだけ。そのひとときが過ぎてしまえばすべて終わりということなんだわ。「わたしを抱いているときって、どんな感じ？」ターニャはだしぬけに尋ねた。

「覚えてないよ」とレイフはあしらう。

そのひややかな、とりつく島もない顔をターニャはうつろな目で見つめる。なぜこんな男を愛するの？　ばかげてるわ。彼はベッドでのひととき以外、わたしと何もわかちあおうとしない。何も話そうとしない。わたしと愛しあうのは、いやセックスするのは——とターニャは自虐的に訂正する——どんな感じなのか、それさえも話してくれない。

「ぼくはパーティーに出なくてはならないんだ。できれば妻のきみにもいっしょに行ってほしい。だが、どうしても行きたくないのなら好きにすればいいさ。ぼくはひとりで行くから。それでいいのかい？」ことさら辛抱強く、かんで含めるようにレイフは言った。彼のほうに妥協の余地はないということだ。

「わかったわ、行くわ」ターニャはぴしゃりと答えた。「シャワーを浴びて、わたしを愛した痕跡をすっかり洗い流してらっしゃい。わたしも支度して、いい子のお顔をして行ってあげるから」

レイフは憮然として吐息をついた。「だだっ子みたいな言いかたをするね。ぼくがいままで我慢に我慢を重ね、きみを甘やかしてきたせいだな。だが、ぼくももう我慢できなくなりそうだよ」

わたしもよ、いとしのだんなさま。わたしも我慢の限界まで来てるわ。そろそろ大爆発を起こしましょうよ。わたしたちの結婚生活はいま重大な局面を迎えようとしているのよ。

ターニャは甘ったるくほほえんでみせた。「今夜はだだっ子にならないって約束するわ、レイフ。あなたが望むとおりの奥さんでいるわ」

レイフは長い間探るような目で彼女の顔を見つめてから言った。「そうしてくれ」

だが浴室のドアに手を伸ばしたところでターニャの苦々しげな低い笑い声を聞き、ぱっとふり返る。

「早く浴びたら？」とターニャは言った。「わたしたち、時間に遅れそうなんでしょ？」

レイフは浴室に入り、ぴしゃりとドアをしめた。

ターニャはまた笑い声をあげた。

それは魔女狩りにあって火あぶりにされようとしている狂女のような笑い声だった。でも、わたしはただおめおめと火あぶりにはならない。この身を焼かれる前に、思いきりエキゾチックな魔女になってみせるわ！

## 3

レイフはシャワーの栓を乱暴にひねりながら、水がお湯になるのも待たず、体にしぶきを浴びはじめた。刺すように冷たい水がいまは必要だった。水でひやさなければ憤激のあまり頭が破裂してしまいそうだ。

ターニャのやつ！

わたしを抱くのはどんな感じかだって？

わからないのか？　みぞおちにカウンターパンチをくらったような、世界じゅうがひっくり返ってしまいそうな感じだよ。きみを抱くひとときがこの世で最もすばらしいひとときなんだ。あのみずみずしく美しい顔を見ただけで、ぼくは……。

だが、だからといってほかのいっさいを忘れ、自己の責任を放棄してしまうわけにはいかない。

腹部に力を入れ、レイフはかたく目をつぶって顔に水を受ける。さっき、彼女はぼくを思いどおりに操ろうとしたのだ。ぼくを誘惑し、手なずけ、手玉にとって、意のままに操りたかったのだ。

しかし、そうはいかないぞ。そんなことをさせてたまるか！　結婚してもうじき二年になろうというのに、ぼくはいまだに彼女のことを考えただけで体の奥が激しくうずきだすのを感じてしまう。だが、それをなんとかコントロールできるよう修練は積んできた。いつもターニャのことばかり考えていたら、仕事も手につかなくなってしまうから……。

レイフは亡き父のことを思った。いつも妻の魅力に負けて次々と子どもを――全部で九人も――作り、家族にかつかつの生活しかさせられなかった父のことを。親父の死後、ぼくたちはなんとか自分たちでやっていかなければならなかった。わが家には将来のための蓄えなどまったくなかったからだ。親父は盲目的に妻を溺愛するばかりで、何も残してはくれなかった。無責任きわまりない父親だった。残された家族に先の見通しはなかった。

だが、その家族をぼくがささえてきたのだ。ぼくは家族のためにしゃにむに働き……そしていまの地位を築きあげた。すべて家族のためだ。たとえ相手がターニャであろうと、ターニャがどんな手練手管を用いようと、絶対に干渉はさせない。ぼくの聖域は守りとおす。

だいたい、なぜ干渉なんかしたがるんだ？　彼女にはできるだけのことはしてやっているはずだ。ニッキーのことだって、彼女に干渉されるいわれはない。

レイフはぐいと石鹸をつかんだ。わたしを愛した痕跡をすっかり洗い流せだって？　それができたらどんなにいいかと、ときどきぼくも思ってしまうよ。だが、彼女という存在はぼくの全身にしみこんでいる。決してとれない微熱のように。

いったいこれ以上何がほしいんだ?

彼女にはすべてを与えているのに。

レイフはシャワーをとめ、ラックからタオルをとると手早く体を拭(ふ)いた。ぼくの人生をターニャに支配されるのはごめんだ。彼女だってもうおとななんだから、たまにはぼくの立場も考えてくれなくては。

ひげをそりながら、レイフはさらに考える。彼女の目的はなんだ? ぼくを完全に、身も心も自分のものにすることか? このレイフ・カールトンは誰のものにもならないぞ。ぼくは誰の言いなりにもならず、自分で自分の生活を管理していくんだ。

今夜のターニャは機嫌が悪い。

だが、もういい加減に甘やかすのはやめなくてはなるまい。なんといっても彼女にはこれ以上望むことなどないはずなのだから。

レイフが浴室から出てきたとき、ターニャはちょうど化粧を終えたところだった。爽(さわ)やかなアフターシェイブローションの香りがする。わたしの残り香をきれいに洗い流してきたのね。その体はもうさっきの熱情の片鱗(へんりん)すらとどめてはいない。これで安心して仕事にかかれるというものね。しかも別の女性と! いや、彼にはそんなつもりはないのかもしれないわ。単に汗を流したというだけなのかもしれない。

だが、レイフはターニャをちらとも見なかった。

のんきなレイフ、とターニャは心の中で皮肉る。あなたの気持は手にとるようにわかるわ。絶対に譲歩はしないと、ますます決意をかためてきたんでしょう。やっぱり仕事が——そしてニッキーが——最優先されるのね。

だったら、その結果がどうなるか見てなさい！

ターニャはレイフのあとからクロゼットに近づいた。彼が黒のタキシードを出し、ドレスシャツのボタンをはめている間に、ターニャはハンガーから黒いドレスをはずして裸の体にまとう。

その動きにレイフの手がとまった。ターニャが細いストラップに腕を通し、首にぴったり巻きつくチョーカーのホックをうなじでとめ、大きくくれた胸もとに手を入れてバストがこぼれんばかりになるよう調整するのを、身じろぎもせずに見つめている。ウエストの部分がずれないようにストラップは背中でクロスしているが、後ろにはヒップが見えそうなほど深いスリットが入っている。ターニャはレイフに嘲（あざけ）るような視線を投げかけると、両手を高くあげ、腰をくねらせながらその場でゆっくりと体を一回転させてみせた。

レイフの口から獣のうなりにも似た声がもれた。

パーティーに行くのはやめ、ターニャのドレスを引きちぎってまたベッドに引っぱりこみたがっているような顔だ。ターニャは固唾（かたず）をのんで待った。だが彼はとびかかってはこなかった。口をかたく結び、カフスをとると怒ったように荒っぽいしぐさで袖口（そでぐち）につける。

やっぱり仕事が第一なのね！

きっと仕事は彼の虚栄心を満足させてくれるのだ。ひけらかして歩ける美しい妻と同じよ。レイフにとってはその二つがあれば十分で、ほかのものはいらないのだ。自分の子どもさえも。

でも、ひけらかすのがお好きなら、今夜どういうことになるか見てらっしゃい！　ターニャはグラマーな体を見せつけるように、両手をあげて髪に差しいれた。「このドレス、気にいって？」

「気にいらないね」

「あら、どこがいけないの？」

「自分の体を世間に見せびらかすのがそんなに楽しいのか？」レイフは吐き捨てるように言う。

「それを望んでいるのはあなたじゃなかった？」ターニャはあざ笑う。

「そんな格好で行ったら、男という男の目がきみに釘づけになる」

「そうしたらあなたも嬉しいでしょ？　こんないい女を自分は夜ごと抱いているんだと思えて」

　レイフの目が危険な光をたたえていっそう青くきらめいた。「ふざけるのはよしなさい。夫婦の営みというのはプライベートなものだ」

「あら、別に隠さなくたっていいじゃない」

「ターニャ！　いい加減にしないか！」レイフは声を荒らげた。「そんなドレスじゃ裸で歩くも同然だ。まるでたったいま男に襲われてきたような……」

「現にあなたに襲われたばかりでしょ？」

「……そしてまた襲われたがっているような格好だ」

「襲われたいわ。あなたになら何度でもね」

　ターニャは独占欲に血をたぎらせ、彼の全身を大胆に見まわした。あなたはわたしのものよ、レイフ・カールトン。ニッキー・サンドストラムも、今夜こそそれを思い知るでしょう。なぜなら今夜のあなたはわたしから目を離せないだろうから。ほかの男たちもみんなわたしに注目するだろうから。そうすればレイフを自分のものだと思っているニッキーも、さすがに自信をなくすはずだわ。

　ターニャの目がスラックスに包まれた下半身にとまったのを見て、レイフはあえぐような声をもらした。両手を拳に握りしめ、体の奥から突きあげてきた衝動をなんとか封じこめようとしている。ターニャは彼と視線をからませ、誘いかけるようにうっとり目を細めてみせた。

　それがレイフの怒りをあおったようだった。頬がさっと紅潮し、目は追いつめられながらも決してあきらめない野生の動物のようにぎらついている。そう、彼は決して屈しない。死ぬまで闘い続ける男だ。

歯を食いしばり、彼は言った。「服を着がえろ！」

ターニャは、何をそんなにいきりたっているのかと、からかうように眉をあげた。向きを変え、クロゼットの中に並んでいるドレスを調べるふりをする。それから身をかがめてラックから黒いハイヒールをとり、腰をふりながらベッドのほうに歩きだした。薄く柔らかな生地が腿をかすめてはひるがえり、そのあたりに彼の視線が焼けつくように感じられる。黒は夜の色。黒はわたしの怒りの色。そして破綻した結婚生活の色。

「ターニャ……」レイフの声には脅しつけるような不吉な響きがあった。

ターニャはベッドに腰かけた。「あなたも早く服を着てしまわないと、ますます遅くなってしまうわよ、レイフ」かがみこんで靴をはきながら言う。

レイフは何か低くののしり、クロゼットに近づくとグリーンの絹のドレスをとりだしてベッドに放った。「これを着るんだ」

ターニャはふてぶてしい態度でレイフの顔を見た。「わたし、あなたのアクセサリーになるつもりはないわ。今夜だけでなく、これからもずっと」

レイフの頬の赤みが増す。「だったら家にいなさい！」

「あなたといっしょに？」ターニャは期待もせずにそう切り返す。

「いや、ぼくは行く！」

ターニャは立ちあがり、クロゼットから黒のビーズのイブニングバッグをとりだすと、化粧台の上の口紅とコンパクトを入れた。レイフの目を意識して、身のこなしをわざとあだっぽくしてみせる。「あなたが行くなら、わたしも行くわ」断固たる口調だ。

「そのドレスではだめだ！」とレイフは息巻く。

ターニャは彼に向き直った。「いいえ、このドレスで行くわ。このドレスでは連れていかないというのなら自分ひとりででも行って、あなたの妻だと触れまわるわ！　そうすればどうしてあなたがわたしと結婚したのか、みんなほんとうの理由に気づくでしょうね、レイフ？」

レイフは気でも違ったのかという顔でターニャを見つめる。「それはいったいどういう意味だ？　きみはいったいどうなってしまったんだ？」

ターニャは傲然と顎を突きだした。「わたしはあなた専用の合法的な売春婦だわ。体裁を繕うことはないでしょう？　あなたは子どももほしがらない。仕事のことも話したがらない。何を考えているのか、ちっとも教えてくれない。あなたがわたしに求めているのは体だけなんだわ」目に涙をにじませながら、さらに言いつのる。「あなたが与えてくれるのも体だけ。ほかのことはあなたにとってはどうでもいいのよ」

レイフの顔が青ざめた。怒りのためか衝撃ゆえかはわからない。ターニャらしくもない露骨なせりふにひるんだのか、あるいは見まいとしてきた真実を突きつけられて動揺しているのだろう。ターニャの言葉を否定するように片手をふりまわし、もう一方の手で額をこする。

「それは違う」つぶやくような声だ。「全然違うよ」

「そう？」

ブルーの目がグリーンの目とぶつかった。「ぼくは別に子どもがほしくないわけじゃないんだ。ただ、もう二、三年待とうと言っているだけだ」

言い逃れだ。彼はわたしを子どもにとられたくないのだ。わたしを独占していたいのだ。少なくともわたしの体に飽きるまでは。わたしの体を堪能しつくしたあとなら、別にわたしが妊娠してもかまわないのだ。彼の子どもを身ごもっておなかが見苦しくふくらんできたら、そのときには別の誰かを恋人にするつもりだろう。

ターニャが黙りこくっているので、レイフはクロゼットから上着をとりながらいらだたしげに言葉をついだ。「仕事のことだって、一日じゅう縛られたくないからなんだ。家庭にまで仕事を持ちこみたくないんだよ。こんな話は前にもしただろう？　あのときわかってくれたんじゃなかったのか？」

「わかったわけじゃないわ。あのときのあなたもとりつく島がなかったから、その口実をいちおう受けいれただけよ。だけど、大事なことになるととたんにのけ者にされるのは、わたし、もううんざりなのよ」

「ぼくにとって大事なのはきみだけだよ、ターニャ。きみをのけ者になどしてはいない」

彼の嘘にターニャの目は辛辣な光を帯びた。「そうかしら？　わたしがそんなに大事なら、どうしてつまらない仕事の集まりになんか行きたがるの？」

痛いところを突かれ、レイフはますます激高した。「それだってぼくたち二人のためだ。きみは視野が狭すぎるよ。まるでわかってないんだ」

けなしてくださってどうもありがとう、レイフ。あなたっていつもそうなんだわ。子どもっぽいターニャ、視野の狭いターニャ、ろくな判断力もないかわいそうなターニャ。でもベッドの相手をさせるには最高の体をしてるってね。

ターニャはなんとか穏やかな声で言った。「わたしが大事だといったって、ニッキー・サンドストラムほどではないんだわ。あなたにとってあの腹心の秘書ほど大事な人はいないんでしょ？」

レイフの顔が怒りにゆがんだ。「またその話か！」ブルーの目をきらめかせ、腹にすえかねたようにたたみかける。「前にも言っただろう？　ニッキーとは仕事上のつきあいしかしていない。過去も現在も未来もだ。きみが愚にもつかない妄想にとりつかれてやきもちをやくからといって、彼女をくびにするわけにはいかないんだよ。もう彼女の話はたくさんだ。二度と口にしてもらいたくないね」

あくまでしらを切るつもりなのね、とターニャは胸の内でつぶやく。ニッキー・サンドストラムは彼の心の妻なのだ。彼女を失うほうがわたしを失うよりも打撃が大きいに違いない。これは妄想なんかじゃない。レイフはニッキーのせいでわたしとの関係がいかにあやうくなっているかわかっていないのだ。むろんわかりたくもないのだろうけれど。

ニッキーは待ちの戦術をとっている。レイフがわたしへの情熱を燃やしつくし、疲れはててしまうのをひたすら待っているのだ。そしてそのときが来たら、かぎりない同情といたわりを示し、彼を完全に独占するつもりなのだ。わたしとの失敗に懲り、レイフはまんまとニッキーの策にはまって、もう二度と彼女以外の女に目を向けなくなるだろう。

レイフは上着を着ると不意に表情をやわらげ、ターニャのほうに近づいてきた。

怒りを抑えこんだんだわ。たいした自制心ね、とターニャは口には出さずにつぶやく。これから優しく言ってきかせるような口調になるのだろう。こんなささいなことで言い争ったばかばかしさを面白がるように、その顔をほころばせて。

でも、レイフは事態の深刻さがわかっていないのだ。すぐにわからせてあげるわよ、レイフ。あなたの思いどおりにはさせないわ。

レイフは口もとに笑みをうかべ、なだめるように言った。「もうつまらない喧嘩(けんか)はよそう。そのドレスはぼくのためならいつでも好きなときに着てくれていいよ。だが、今夜はだめだ。ほかの男がぼくの妻に色目を使うのはいやなんだ」そしてターニャの顎のくぼみにそっと人さし指をかける。「ぼくが愛してるのはきみなんだ。きみがぼくの妻なんだよ、ターニャ。一生きみと暮らしたい。だからお願いだ……あのグリーンのドレスに着がえておくれ」

「わたしはあなたがほかの女性に色目を使われてもいやじゃないわよ、レイフ」むろんニッキー・サンドストラムは別だが、彼女の話はするなと言われたばかりだから、いまはそこまでは言わずにおく。いま蒸し返してもどうにもならないだろう。

レイフは一瞬気色ばんだが、すぐに深々と息をつき、なんとか気をとり直した。「ぼくを喜ばせてくれないのかい、ターニャ？」懇願するように言う。

ターニャはついと顔をそむけ、ドアに向かった。

「ターニャ！」

その声でふり返り、彼女は目に侮蔑の色をうかべて言い返した。「わたしがあなたのものなら、ほかの男性のことなど心配する必要はないでしょ？　わたしを愛しているなら、何を着ようが中身を大事に思ってくれるはずだわ。それに一生わたしと暮らしたいなら、いままでのやりかたは改めたほうがいいわよ。わたしはずっと不満だったんだから」

レイフの顔がこわばった。頬骨のあたりがまた赤く染まりはじめ、目はレーザー光線のように鋭い光を放ってターニャの心を射抜こうとしている。「そんな話は初めて聞いたぞ」

「いいえ、千回も言ってきたわ。千もの違った言いかたでね。ただあなたが聞こうとしなかっただけ。たぶんもっとはっきり、もっとあからさまに言わなければだめだったんでしょうね。今回、耳にとめてくれてよかったわ」

レイフは頭をふった。「いったいどうしてなんだ、ターニャ？　なぜ……」

「あなたって人は、なんでも自分の都合のいいように解釈するんだわ。そうしてなんでも自分の流儀でやろうとするのよ。自分中心の徹底したエゴイストだわ」そう言い捨て、ターニャは再びドアに向かった。

「ターニャ！」

足をとめ、彼女はふり返った。

レイフはいま、心に押しこめていた怒りを一気に噴きださせていた。顔が引きつり、全身から激しく火花が散っている。指先は小さく震え、腕には筋肉が盛りあがっている。

わたしをなぐりたがっているのだ、とターニャは内心驚いた。わたしが男ならきっとなぐっているわ。でも、なぐられたってかまうものですか。むしろなぐってほしいくらいだわ。そうすればこんなごたごたもすぐにけりがつく。

ターニャは目の前まで近づいてきたレイフに向かい、昂然と顔をあげてみせた。目はけしかけるようにきらきら輝いている。さあ、なぐりなさい、レイフ。結局わたしはひとりの人間ではなく、あなたの所有物にすぎないんですもの。いまこそ、それをはっきりさせたらいいわ。

レイフは気を静めようと胸を波打たせて息を吸いこんだ。悪魔のように目をきらめかせながらも、抑制のきいたよそよそしい声で言う。「きみの求めるものはすべてあげてきたはずだ」

「あなたは自分があげたいものをくれただけよ。わたしに必要なものは何もくれてないわ」ターニャは言い返す。

レイフの頬がぴくりと動き、右手があがりかけた。が、彼は必死に自分を抑え、なんとか平静をとり戻した。あげた右手をターニャの肩にかけ、指を強く食いこませる。

「そんなふうに思っているなら、どこかよそでほしいものを見つけるんだな。ぼくは他人の言いなりになるつもりはない」

ターニャの目が涙でうるみだした。だが、彼女はその涙をなんとか目の縁でとめ、レイフを見つめて言った。「そんなふうに思っているなら、どうしようもないわね。いずれあなたの言うようにすべきなのかもしれないわ」

レイフは荒く息を吐き、ターニャの肩から手を離して一歩さがった。ブルーの目がしばし食いいるように彼女の目を見すえる。

「決心がついたらそのときは教えてくれ」邪険に言うと彼は腕時計に目をやった。「ぼくは今夜のパーティーに出なくてはならない。もう行くよ。いってきますのキスはしてほしくないだろう」

ターニャは唇が震えだすのを感じてきつくかみしめた。心は鉛のように重い。だがそれでも顔をあげたまま、プライドにかけても彼から目をそらすまいとした。

「わたしも行くわよ、レイフ。たとえあなたが連れていってくれなくてもね。向こうで会うのがいいか、それともあなたが連れていくか、二つにひとつだわ。決心がついたら教えてちょうだい」

プライドが勝った。

勝つことはわかっていた。

わたしはまだ彼の妻なのだ！

今夜はまだ。

でも、危機は訪れてしまった。これがどういう結末を迎えるのかはわからない。点火され炎上した火は、もう手のほどこしようもなく燃えあがっている。その火にのみこまれてしまっても、わたしはいっこうにかまわない。ただ、焼け死ぬ前にレイフもきっとこの火炎の中に引きずりこんでみせる。彼に無傷のまま明日を迎えさせはしないわ。

# 4

街へ向かう車の中には重苦しい沈黙がよどんでいた。お互い何もしゃべることがない。少なくとも彼の心をかき乱すことはできたんだわ、とターニャは暗い満足感をかみしめる。レイフの運転にはふだんのなめらかさ、的確さが欠けており、アストン・マーティンのギアはいつになく酷使されていた。

あなたとわかちあえるものがほしいのよ、とターニャは心の中で訴える。あなたの赤ちゃんがほしいの、レイフ。それがそんなに欲ばった望みなの？

「今夜のパーティーではどんな仕事をまとめるのかしら？」ターニャは期待もせずに感情のまじらない声で言った。「ここまでしてまとめなければならない仕事っていったいなんなの？」せめてあなたがほんの少しでも折れてくれたら。少しだけ歩みよって、仕事のことをいくらかでも話してくれたら……。

レイフは口もとを引きしめた。「いい加減にしろよ、ターニャ！　そんなことはいま関係ない」

関係なら大ありだわ、とターニャは思ったが、彼の口調のとげとげしさに、それ以上話を続ける気力もうせてしまった。

でも、彼が自分中心の徹底したエゴイストだというのは真実ではない。レイフは彼の家族にとっては寛大そのものだ。わたしも物質的にはほしいものをことごとく与えられ、何ひとつ不自由していない。ただ彼の心だけが与えられていないのだ。

ある程度までは理解できないでもない。貧しかった家庭環境を考えれば、彼が世間的な成功をやみくもに求めるのもわかる気がする。野心と所有欲。レイフにはお金も、ものも、自分の自由になるものは何ひとつなかったのだ。彼にはただ仲のいい家族がいるだけだった。

感情を隠すことのないざっくばらんな家族が。

ただひとり、レイフだけがいつでも気持を自分の胸ひとつにおさめ続けてきた。あの一族の中で、レイフだけは決して自分の感情を外に出さない。胸の内を探られてもさりげなくかわし、自分がどう思っているのかそぶりにも見せない。弟や妹たちやイタリア人の母親とは大違いだ。ことに母親は、ターニャがこれまでに出会った中で最もおしゃべりな人だ。だからレイフはこんなふうに心をとざしてしまうのかしら？　彼の鋼鉄のような自制心は、感情表現がおおっぴらな母親に対する反発の表れ？

ターニャ自身はソフィア・カールトンの率直さに感謝している。彼女がレイフについて知っていることはおおかた彼の母親から仕入れた情報なのだ。

彼は九人兄弟の中で一番年上であり、ソフィアにとっては最高の息子、神にも等しい存在だった。夫が亡くなり、将来が絶望的と思えたときにも、この長男のおかげで一家は飢えずにすんだ。当時彼はまだ十八だったが、非常に目はしのきく少年だった。一家の酪農場をはした金で買いあげようとした不動産業者にとっては、目はしのききすぎる相手だった。

価値があるのは農場ではなく土地そのものだとレイフにはわかっていた。シドニー郊外のその土地は、宅地としてかなりの値段で切り売りできるはずだ。そう考えてレイフは共同経営者を見つけ、その土地を売って今日の成功の基礎を築いた。

会社は急速に伸び、業界で大きな位置を占めるようになった。不動産の売買にかけては彼は業界随一のやり手だった。ただの一度もしくじらなかった。

もうソフィアもお金の心配をする必要はなくなった。レイフがすべて面倒を見てくれるのだ。これほどできた息子は世界じゅうどこを探してもいないだろう。

彼は昔からいい息子だった。冷静で頼りがいがあり、子どものころから下の子たちの面倒をよく見た。どんなときにも決してソフィアの期待を裏切らなかった。ただの一度もだ。妹のマリアが生まれたときもそうだ。そのとき父親は留守で、母のソフィアは病院に行けず家で出産したのだが、まだ十三歳だったレイフが何もかもやったのだ。

ターニャは彼が赤ん坊を——いまはまだ——ほしがらない理由を、この妹の出産に立ちあったときの衝撃が心の傷となっているせいかと思ったことがある。だがさりげなくレイフに尋ねてみると、彼は笑いながら即座に否定した。出産シーンなんて農場で動物のを何度も目撃していたし、難産の介添えもたくさんしてきた。人間の赤ん坊だってたいして違わないさ。そう笑いとばしたのだ。

それでは家族の面倒を見ることにうんざりして、もうあんな責任を負わされるのはごめんだということだろうか？　いや、レイフは弟や妹たちをかわいがりこそすれ、恨みがましい気持はこれっぽっちも持っていない。それは確かだ。下の子たちにはいつも優しく、彼らもレイフを父親のように慕っている。彼らにとっては父親が亡くなるはるか以前から、この長兄が一家の大黒柱だったのだ。そういえば、レイフの父親っていったいどんな人だったのかしら？

ソフィアは亡き夫のことをすばらしい人だったと言っている。愛情豊かで優しい人だったと、涙さえ見せることも珍しくない。レイフの弟や妹も父親を語るときはみななつかしそうだ。ただレイフだけがいっさい口をとざしている。ごくまれに、事実に即した短いコメントを発するだけだ。

そこまで考えても、ターニャにはなぜレイフが子どもをほしがらないのかわからない。彼は家族がほしいというわたしの気持をまるでわかってくれない。

ひとりっ子の寂しさなど彼にはわからないのだろう。ターニャの両親は彼女が赤ん坊のときに事故でこの世を去っていた。突然のスコールで、乗っていたヨットが転覆したのだ。その運命の日から、祖母がターニャの親がわりになった。ターニャの家族は祖母だけだった。それは別にレイフのせいではないけれど、せめてわたしの気持をわかろうとする努力はしてくれてもいいはずだ。

もちろんおばあちゃんのことは愛している。でも、結婚して自分の子どもを持つことはわたしの長年の夢だったのだ。それなのにレイフは子どもなんかいらないと言う。わたしの話に耳を傾けるふりをし、わかったような顔をするけれど、最後には決まって〝まだ早い〟なのだ！

それはきっと永久に続くのだろう。たとえ相手が自分の子であろうと、わたしの心が彼以外の人間にも向くなんて、レイフには我慢ならないのだ。

子どもを持つつもりがないのなら、どうして彼は結婚したのだろう？　子ども抜きの結婚って、いったい何？　その答えはあまりにも明白だ。わたしはレイフの所有物、彼が好きなときに利用できる欲望の対象にすぎないのだ。お互いがお互いのものなんだ、とレイフは言う。だけどレイフはわたしのものじゃない。どちらかといえば、わたしよりもニッキー・サンドストラムのものと言ったほうが事実に近い。

ターニャの心を熱い炎がなめる。

今夜こそ彼に選ばせなければ。わたしか、ニッキーか。もうこれ以上、レイフを彼女と共有するのはまっぴらだ。

といっても自分がニッキーのように仕事上の片腕になれるとは思わない。でも、妻を秘書にしても何も悪いことはないはずだわ。秘書の仕事ならわたしにもできる。各種の調査も得意だ。結婚前にやっていた仕事でそれは実証ずみだ。勘だって悪くないし、細部にいたるまで几帳面で正確なのは、あの家の行き届いた装飾でレイフにもわかっているはずだ。

二人を乗せた車がシェラトンの玄関まで続いている車の列についた。ターニャはちらりとレイフを盗み見る。彼の顔は無表情でとりつく島がない。ターニャは彼の筋肉質の腿を指先でそっとなぞってみた。自分たちが体でなら語りあえることを彼に思いだしてほしい。スキンシップから二人の関係を築きあげていったっていいのだ。二人の運命はまだ決まったわけじゃない。レイフが少しでも協力してくれれば……。

だが彼はターニャの手をつかんで、怒っているような顔で言った。「そういう方法は逆効果だぞ」

「逆効果だとしても、まるっきり無視されるよりはましじゃない？」ターニャは嘲るように言い返す。「それに、いまはわたしに逆らわないほうがいいわよ。今夜のわたしは気が立ってて、何をするかわからないんだから。暴力沙汰だって起こしかねないわよ」

二人は険しい顔でにらみあった。

と、そのとき後ろの車がクラクションを鳴らした。

レイフはターニャの手を投げだすように放し、ぐいとアクセルを踏んで、ドアマンたちが待ち構えている玄関へと急発進した。

ターニャの側のドアはドアマンによってあけられ、レイフは自分で降りて音高くドアをしめた。誰かがターニャの後ろからひゅーっと口笛を吹いた。ロビーに続く赤いカーペットの上を歩いていくと、さらに何人かの口笛が聞こえた。ターニャは素知らぬ顔でレイフが追いつくのを待つ。

レイフはすぐに来たものの、いつものように彼女の腕をとりはしなかった。ターニャのウエストを抱きよせ、わがもの顔でヒップに手をかけて歩きだす。

この手をひと晩じゅう離さないつもりかしら？　だとしてもわたしはまったくかまわないわ。腿が触れあうのを、わたしだけでなく彼も意識せざるを得ないでしょうから。今夜の彼はそう急いでわたしのことを頭から払いのけるつもりはないらしい。

エレベーターのほうに歩いていく二人を、ロビーにいる人々がいっせいにふり向いた。わたしたちは目立つカップルなんだわ。女性はまずレイフに目を奪われ、ついで連れはどんな女なのかとわたしを見る。でも、男たちはわたしの連れがどんな男なのか、今夜は見ようともしない。みんなわたしに見とれている。それがレイフにとって刺激になってくれればいいけれど。

彼はエレベーターの前で立ちどまり、ターニャを自分のほうに向き直らせた。厳しい顔で彼女を見つめ、声をひそめて警告する。「ここからぼくたち夫婦の問題は一時棚あげだ。いまの気持がどうあろうと、しばらくは夫を熱愛している妻のようにふるまうんだ。でなかったらきみを一生許さない。わかったね？」

それはただの脅しではなかった。ブルーの目は非情な意志の光をたたえている。ここで逆らったらほんとうにおしまいだろう。もうやり直す余地はなくなってしまう。一巻の終わりだ！

不本意ながらもターニャは無言でうなずいた。本音を言えばレイフを失いたくない。彼との別れを考えただけで胸がかきむしられる。もう一度……やってみよう、彼のために。

レイフはにっこりと輝くような笑みをうかべた。

ターニャの胃がきりきりとよじれた。いまこの場ででも彼がほしい。その思いは自分の愛にこたえてくれない男を愛してしまったみじめさとあいまって、ターニャの胸をしめつける。それでも彼女は、夫を熱愛する妻にふさわしい微笑をなんとか返した。

さあ、わたしはもうお芝居を始めたわよ。だけどあなたも多少は演技したほうがいいわ。ベッドで愛するだけが能じゃないんですからね！

レイフは再びターニャのウエストを抱き、エレベーターの横のバーに向かった。中をのぞきこむと、入口のそばに座っていたニッキー・サンドストラムがさっと立ちあがった。

背が高く洗練された容姿に、冷静さと明晰(めいせき)な頭脳を備えた女。そこにレイフは夢中になっているのだ。きれいなだけで頭の軽い妻とは月とすっぽんというわけだ。だけどわたしだって、ニッキーほど才気煥発(かんぱつ)ではないにしても、レイフの仕事を手伝えるくらいの頭はあるわ。ただ彼が手伝わせてくれないだけ。彼といっしょに働いて、彼が日々何をし、何を考えているのか知りたいのに。

ニッキーはホワイトブロンドの髪をきれいに編み、ほっそりした体をアイスブルーのドレスで引き立たせていた。はっきりした目鼻立ちのその顔が、曲線美を強調するターニャの黒いドレスを見ると一瞬引きつった。が、すぐにまた落ち着き払った表情に戻る。

耳に輝くのはダイヤのイヤリングだ。

レイフからのプレゼント？

ニッキーは二人のほうへ近づきながら、ダイヤを埋めこんだ腕時計をちらりと見た。そのダイヤはNの文字をかたどっている。こちらは間違いなくレイフから贈られたものだろう。疑問の余地はない。レイフは女を有頂天にさせるすべを心得ているのだ。

ターニャは彼は自分のものだというように、レイフに身をすりよせた。

ニッキーは口もとに儀礼的な笑みをはりつけ、ターニャの燃えるようなグリーンの目を冷たいグレーの目で見返した。「こんばんは、ターニャ」おとなが始末に負えない子どもを公然と叱(しか)りつけるわけにもいかず、しかたなく大目に見てやるといった態度でニッキーは言った。

この人、慇懃な笑顔を見せてはいても、今夜ひと晩わたしを無視するつもりだわ、とターニャは思った。ニッキーの心のつぶやきが耳にはっきり聞こえてくるようだ。〝レイフったら、どうしてこんな飾りものの奥さんの相手なんかしているのかしら？　もちろん理由はひとつしかないわよね〟現にその理由がニッキーの推察どおりなのがくやしくてたまらない。でも、彼女をいつまでも優越感にひたらせておくわけにはいかないわ。

「こんばんは、ニッキー」ターニャはハスキーな声でものうげに言った。「遅くなってしまってごめんなさい。わたしたち、家を出る前にちょっと片づけなければならないことがあったものだから」夫を熱愛する妻なら、このくらいのせりふは当然だわ。ターニャは色っぽい流し目でレイフの顔を見た。「ねえ、ダーリン？」

「そうなんだ」レイフは甘い夫の顔になってターニャにほほえみかけてからニッキーに視線を戻した。

ニッキーは憮然としたように吐息をついた。彼女が何を考えているかは顔に書いてある。〝まったく男っていうのはしょうがないわね。ほんとうに大事なものはここにあるのに、わざわざより道したがるんだから〟でも、だからこそレイフは女心をそそるのだ。女たちは彼のような男をふり向かせてみたいと思うのだ。

ニッキーは必ずレイフの注意を引きつけられる方面に話を持っていった。「彼らは二十分ほど前に階上にあがっていったわ」ついで自分とレイフにしかわからない話でターニャをのけ者にしようとする。「条件さえ変えてくれれば、あなたもあの話に応じるかもしれないと言っておいたわ。あなたも多少はお考えにならないとね」

「そうだな、ほんとうに応じることになるかもしれないな」

ターニャの心が期待にはずんだ。訴えかけるようにレイフの顔を見あげるが、彼はむっつりしたまま何も説明しようとはしない。

ニッキー・サンドストラムも知らん顔で、レイフだけを相手にしている。「いずれにしても彼らはお金がほしくてほしくてたまらないみたい。となれば、完全にこちらのペースで話を進められるわ」

「よし。それじゃ行こう」レイフはそう言うとエレベーターに向かった。

ニッキーはターニャの反対側からレイフをはさみこむような形でぴったりと横につく。「彼らはわたしたちのライバルといっしょに来てるわ。こちらを慌てさせるつもりなんでしょう」

「そんなことだろうと思ったよ」とレイフはうなずいた。

「あなたたちのライバルって？」ターニャが尋ねた。

ニッキーは、頭の弱い女房を大事な仕事上の集まりに連れてきたレイフが答えればいい、とばかりに眉をあげた。

レイフはターニャを目で黙らせようとした。

「知りたいのよ。教えて」とターニャはすがりつくように彼を見つめる。

「キーガン・アンド・ホルシーだ」レイフはライバル会社の名前をそっけなく答えた。

ターニャは嫣然とレイフに笑いかけ、とっておきの笑顔で彼の目を釘づけにした。ようやくレイフが目をそらすと、今度はその笑顔をニッキーに向ける。ほら、ごらんなさい。レイフが初めて仕事のことを教えてくれたわ。しかもあなたの目の前でね。

ニッキーの目がこばかにしたような光を帯びた。ターニャのことをとるに足りない存在と一蹴したらしい。

エレベーターの扉があいた。レイフはニッキーを先に乗せ、それから自分が二人の女の間に入るような格好で乗りこんだ。その体はこわばっている。緊張をはらんだ重い沈黙の中で、エレベーターはするするとのぼっていった。

ターニャはニッキーの自信が気にいらなかった。自分がレイフの生活に占めている位置に、よっぽど自信があるらしい。レイフがわたしを子ども扱いするのはニッキーの影響だ。彼女は実にさりげなく、おりにふれて妙に先輩ぶった態度をとる。

彼女がわたしを嫌っているのは間違いない。レイフの前では礼儀正しくふるまっているけれど、かつて何度か化粧室でいっしょになったとき、あのグレーの目がわたしに伝えてきたメッセージは間違えようのないものだった。憎悪――むきだしの憎悪だ。

ある意味ではそれも無理はないのかもしれない。十年もの歳月をレイフに捧げてきたのに、彼はニッキーより十歳近くも若い女と結婚してしまったのだから。でも、肉体の持つ魔力なんていずれ時とともに薄れていく。ニッキーはそれを頼みにしているのだ。レイフとの絆を肉体的なものだけでない、もっと堅固なものにしなかったら、わたしは結局ニッキーに負けてしまうだろう。

でも、今夜はわたしのほうにわずかに分があるわ。いまのところは。

三人は舞踏室のある階でエレベーターを降り、人でごった返す会場に入っていった。あちこちで声をかけられ、軽く挨拶を返しながら奥に進む。慈善事業の資金集めのためのパーティーらしく、客のリストはシドニーの紳士録をそのまま引きうつしてきたも同然だった。社交界の淑女たちは新しいデザイナーズドレスを見せびらかすために、そして連れの男たちは仲間同士で仕事にかかわる自慢話をしあうために出席しているようなものだ。だが、こういう場でかわされる何げない会話がさまざまな合意や決断につながることも多々あるのだ。

シャンペンの栓が抜かれ、ウエイターたちはオードブルのトレイを手に動きまわっている。バンドは有名なヒットナンバーを抑えた音量で演奏している。

レイフは機嫌のいい顔だが、腕はターニャのウエストに巻きつけたままだ。にこやかな仮面の下に落ち着かない気持を隠している。

ようやく目的の人物のところまで行くと、彼はますます落ち着かなくなったようだった。ニッキーがカールトン夫妻をヨーアン・ヨーアンソンに紹介した。ヨーアンソンは長身のデンマーク人で、金髪に銀色の筋がまじっているところを見るともう五十に手が届いているのだろうが、それでも堂々たる雰囲気の男だった。タキシードを着ればたいていの男は堂々として見えるとはいえ、ヨーアンソンは年相応に苦みばしった顔がなかなか魅力的だ。レイフの目よりもさらに明るいブルーの目は、さっきからずっとターニャを見ている——彼女の美しさを観賞するように。

レイフは会話に気持を集中できないらしく、それをニッキーがうまくとり繕っていた。だが話はなかなか本題に入らず、最近の不動産業界の動向といった一般的な話題から先に進もうとはしない。ターニャは内心じりじりした。ニッキーがさっきから何度かさりげなく水を向けようとしているが、レイフが乗ってこないのだ。それはヨーアン・ヨーアンソンも同じだった。

やがてレイフがターニャにほほえみかけて言った。

「きみにはこんな話は退屈だろう。あっちに行って楽しんでおいで。ここはぼくとニッキーとで……」

わたしを追い払おうというのね！　でも、そうはいかないわよ、あなた。わたしに演技してほしいんでしょう？　だったらあなたがぎょっとするような演技をしてあげるわ。

ターニャはレイフに晴れやかな笑顔を向けた。

「わたしはずっとあなたのそばにいたいわ、ダーリン」声をセクシーにかすれさせて甘える。

「そうだよ」とヨーアンソンが言った。「わたしみたいな年よりの相手はつまらないかもしれんがね」

「ターニャはダンスが好きなんですよ」レイフが目に危険な光を宿して言った。その目が言っていることは明らかだった。きみは邪魔なんだよ。きみがいると気が散るんだ!

「それじゃ、わたしがダンスのお相手をさせていただこう」ヨーアンソンがターニャに片手を差しだして言った。

まあ、なんてこと! こんなはずではなかったのに! レイフは怒りを押し殺したような顔をしている。ターニャはしかたなくヨーアンソンに手を預け、フロアに出ていった。だってほかにどうしようもない。レイフがわたしはダンスが好きなのだと宣言した手前、ヨーアンソンの誘いを断るわけにはいかない。でも、レイフはわたしにヨーアンソンを連れ去ってほしくなどなかったのだ。

ターニャはヨーアンソンの腕に抱きよせられ、しなやかな背中に——裸の背中に——手をまわされながら、こういうことになったのはわたしのせいじゃない、と心に叫んだ。だけどレイフはわたしのせいだと思ってるんだわ。もっとお上品なドレスに着がえろという彼の要求を断固はねつけたことが、裏目に出てしまったのだ。

ああ、これではせっかくのもくろみが水の泡だ。ヨーアンソンは巧みにリードしながら、レイフとの取り引きに関する情報を引きだそうと話しかけてくる。だが、ターニャは何も知らないから、決まりきった陳腐な返事しかできない。レイフがわたしに仕事のことを全然話してくれないのは、もしかしたらこういう場合を考えてのこと？　自分の計画を台なしにするようなことを、わたしにしゃべらせないため？　そう思いいたると、ターニャは失意のどん底に突き落とされた。彼はわたしをまるで信頼してくれていないのね。

　レイフの妻は夫の仕事について何も知らないのだと気がつくと、ヨーアンソンは別の路線で攻めてきた。脚が触れあうほどにターニャを抱きよせ、きみはすてきだ、きみにその気があるのなら二人で楽しもうじゃないか、と無言で伝えてきたのだ。露骨すぎず無礼すぎない、巧妙なやりかただ。ターニャの背中にあてた手を広げ、指の一本一本でなめらかな肌ざわりを味わっている。

　ターニャの心は深い絶望に沈んだ。レイフの視線があいくちのように胸を切り裂く。わたしの最大の価値は彼ひとりの所有物だという点にあるのに、その自分専用の女が肌もあらわなドレスを着ることによってほかの男をそそのかし、自ら愛撫を受けている。レイフはきっとそう思っているに違いない。レイフだけでなくこの会場の誰もが、あんなドレスを着るなんて、さわってくださいと頼んでいるようなものだと思っているだろう。わたしがさわってほしいのはレイフだけなのに。

　ターニャは恥ずかしさと後ろめたさに顔をほてらせ、これ以上ヨーアンソンに妙な気を起こさせないよう目を伏せた。体を引いて彼の手をはずさせるべきかとも思うが、そんなあからさまな態度をとったら人目を引いてしまうだろう。レイフもますます怒り狂うかもしれない。

　ようやく音楽がやみ、ターニャはヨーアンソンに連れられてレイフのところに戻った。レイフとニッキーのところに。二人の気持は顔にはっきり表れていた。

　レイフはすっかり心をとざし、無表情でうつろな目をしている。その目には怒りの色さえ見られない。わたしは彼にとってなんの価値もない存在になってしまったのだ。所有物としての価値もアクセサリーとしての価値も、もう失われてしまったのだ。

ニッキーは長いこと辛抱させられてうんざりしたような顔をしている。だがその目は、この辛抱はじきに報いられるのよ、と言わんばかりに輝いている。

「ダンスのお相手ありがとうございました、ミスター・ヨーアンソン」ターニャはなんとか穏やかな声で言った。そして「わたし、ちょっと失礼するわ」と三人に言い残し、逃げるように化粧室に向かった。

すれ違う他人の目もレイフの焼けつくような視線も、いまは気にならなかった。意識はひたすら自分の内に向かっている。ニッキー・サンドストラムの勝ち誇ったようなグレーの目が心に暗く深い穴をあけていた。永久に光のささない暗い穴。そのうつろな闇（やみ）は無限に続いていた。

## 5

化粧室に入るとターニャは個室にとじこもり、トイレの蓋（ふた）に腰かけた。急に力が抜け、体がぶるぶる震えだす。

もう終わったんだわ、と彼女は心でつぶやいた。わたしは負けたのだ。けれど、いまでもまだレイフを愛している。彼を苦しめることはできない。仕事もニッキーのことも、彼の好きにさせてあげよう。わたしたちの結婚生活は崩壊したのだ。パーティー会場には戻りたくない。早くうちに帰りたい。でも、あの家はもうわたしのうちではないんだわ。あそこは最初から家庭ではなかった。美しいだけの空虚な家にすぎなかったのだ。

タクシーでおばあちゃんのうちに行こうか。でも、こんな格好で行ったらおばあちゃんはショック死してしまうだろう。レイフとの離婚にも賛成してはくれないに違いない。ただ、話は聞いてくれるはずだ。わたしをむげに追い返すようなことはしないはず。明日おばあちゃんのうちに帰ろう。問題は、今夜どうするかだ。

レイフはもうわたしをそばに置いておきたいとは思っていないだろう。わたしもニッキーがしたりげにほくそえむのを見たくはない。でも、このまま黙って出ていくわけにもいかないわ。ひと言断れば、レイフは文句を言わずに先に帰らせてくれるだろう。わたしなんかいないほうがいいのだから。

ターニャはのろのろと立ちあがり、ドアのノブに手をかけた。頭の中がじんと痺れている。もうあの二人のことで心を悩ますのはよそう。レイフのこともニッキーのことも頭からしめだしてしまうのだ。

会場の入口まで戻ったとき、誰かがターニャの肩をたたいた。いまは誰にもかまってほしくなくて、ターニャはきつい目をしてふり返った。だがハリー・グラハムの人なつっこい笑顔を見ると、肩の力が抜けて思わず笑みを返す。

ハリーは気のいい男だ。格別ハンサムではないけれど、信頼のおけそうな雰囲気がある。三十をとうに過ぎているが、なんとなく隣のお兄ちゃんといった感じだ。ふさふさしたダークブラウンの髪は始終額にたれさがり、女性はついかきあげたくなってしまう。

ターニャは結婚前、彼が出演するテレビのトーク番組の調査スタッフとして働いていた。レイフに言われてその仕事を辞めて以来、直接顔をあわせるのは初めてだが、ハリーはよきボスだった。裏方のスタッフを常に気づかい、ことにターニャにはよくしてくれた。

「今夜のきみはすごくセクシーだね、ターニャ」彼女のドレスを惚れ惚れと眺め、ハリーはからかった。眉をぴくぴく動かすのは視聴者にとって彼のトレードマークになっている。「ここにいる男で、きみの亭主をやっかまないやつはいないだろうな。ご亭主も鼻が高いだろう」

その言葉はレイフの人生におけるターニャの役割を正確に言いあてていた。少なくともこれまでのわたしは、そういう役割を与えられていたのだ。

ターニャは困ったように短く笑った。ハリーはターニャとレイフが初めて出会った現場に居あわせている。レイフがハリーのトーク番組にゲスト出演したときのことだ。あとでハリーはターニャをひやかしたものだ。レイフはきみをひと目見てかっと燃えあがったんだよ、横にいるだけでこっちが焦げつきそうだった、と。

「元気でやってるかい?」とハリーは尋ねた。

「まあね」ターニャは曖昧に答える。それから、ハリーがつい最近離婚してマスコミに騒がれたことを思いだした。「ヘレンのことは残念だったわね」

ハリーは肩をすくめた。「これが人生さ!」口ではそう言うが、ブラウンの目はうつろだ。「きっとぼくの接しかたがまずかったんだろうよ」

わたしには彼の気持がわかるわ。わたしの胸にも荒涼とした黒い穴が広がっている。惚れに惚れていた美人の妻に捨てられて、ハリーもわたしと同じように深く傷ついているに違いない。ゴシップ記事によると、ヘレンはセクシーな魅力が売りものの一流男性モデルのためにハリーを捨てたらしい。なぜかしら? あのモデル、頭の中はからっぽみたいなのに。

結局は肉体的な魅力が二人を結びつけたのよ、きっと。わたしとレイフのように。

ハリーのような男性と離婚したがる女がいるとは

想像しにくいけれど、結婚生活の実態なんて他人にはなかなかわからないものだ。ハリーもわたしとレイフが肉体的に強くひかれあうのを感じとりはしたけれど、いまのわたしたちの実情については何も知らない。

「最近はどうしてるんだい？」とハリーは尋ねる。

「赤ちゃんはまだ？」

ターニャはかすかに顔をこわばらせた。「まだよ」

「結婚したらすぐにでも赤ん坊を作るつもりかと思っていたのに。そのために仕事を辞めたんじゃなかったのかい？」ハリーはからかうように言う。

「別にそのために辞めたわけじゃないわ」ターニャは軽い調子で答えた。「レイフが辞めてほしがっただけなの」

ハリーは眉をぴくぴく動かした。「なるほど、相手がレイフだと奥さん業だけでも忙しいってわけだ」

「もう手いっぱいよ」とターニャはうなずく。

「そのわりにあまり幸せそうに見えないのはどうしてかな？」不意に顔を曇らせてハリーは言った。ターニャが適当な返事を考えつくより早く、ハリーが彼女の背後に目をやって言った。「それに、ぼくがいまにも殺されそうな気分になってしまうのはなぜだろう？　いまふり返っちゃだめだよ、ターニャ。ご主人が頭のまわりに黒い雲を渦巻かせ、目に稲妻を光らせて、ぼくたちをにらんでいる。ぼくはさりげなくきみから離れるべきかな？　それとも清らかな乙女を守る勇敢なナイトのごとく、ここに立っているべきなんだろうか？」

ターニャはぎくりとした。もしかしたらわたしのせいで大事な取り引きがだめになってしまったの？　そんなつもりはなかったのに。でも、レイフはわたしがわざと仕事の妨害をしたと思うに決まっているわ。

ハリーは大きく吐息をつき、再びターニャに視線を戻した。気の毒そうな、いたわりにみちた目だ。

「きみも殺されそうだから、ぼくがいっしょにいて守ってあげたほうがよさそうだな」

「ハリー」ターニャは哀願するように言った。「これはわたしたちの問題であって、あなたにはなんの関係もないわ。お気持は嬉しいけど、でも……」

「どういたしまして。離婚すると男は自分の男らしさに自信をなくしがちなものだが、レイフのおかげでまた自信がわいてきそうになってるんだ。こそこそ逃げるつもりはないよ。それにきみも、彼に気骨のあるところを見せてやらなくちゃ。ほら、笑って。彼がこっちに向かってくる。ぼくたちにはやましいことなど何もないんだ」

ターニャはあやふやな笑みをうかべた。でも、レイフがハリーを険しい目で見ているというのはハリーの考えすぎだろう。レイフには嫉妬する理由なんかないのだから。わたしのことなど、もうどうでもいいのだから。彼の仕事をめちゃめちゃにするような女は必要ないのだ。

「グラハム……」レイフのひややかな声がした。

ターニャはふり向いてレイフの顔を見た。ハリーが言ったとおり、彼の目は心臓が縮みあがるような青白い光を放っている。

「やあ、ご当人の登場だ」ハリーは張りつめた空気をまるで無視して、快活に言った。「ターニャから赤ちゃんはまだだと聞いたところだったんだよ。それで、もし昔の仕事に戻りたいのなら電話一本くれればいいって言おうとしていたんだ」

「それはどうもご親切に」レイフはぶっきらぼうに答える。「だが、ターニャには仕事は必要ないんだ。悪いが、ぼくたちはちょっと失礼を……」

ハリーは射るような目でひたとターニャを見つめた。「いざというときには、いつでもぼくを頼ってくれ。何かあったら力に――」

「彼女の面倒は夫のぼくが見るよ、グラハム」レイフがひややかにさえぎる。

プライドなんだわ、とターニャは思った。わたしへの関心は失っても、妻を――あるいは別れた妻を――養うのは男のつとめだと思っているのだ。自分の過ちの代償は支払うつもりなのだ。この先、過ちを繰り返さないためにも。

ハリーは彼を無視した。「ターニャ？」

ターニャはレイフが激怒しているのを痛いほど感じていた。彼の精神状態は家を出たときよりもさらに悪くなっている。こんなことにハリーを巻きこむわけにはいかない。ただ、彼が以前の仕事に戻らないかと言ってくれたのはほんとうにありがたい。今後レイフからは慰謝料も生活費も、いかなる援助も受けたくなかったから。

「ありがとう、ハリー」ターニャはそっと言った。

ハリーはうなずいた。「それじゃまた。最近のぼくは、挫折にかけては専門家なんだ。何かあったらいつでも相談に乗るよ」それから嘲るようにレイフを見る。「たいせつな宝石をないがしろにするようなやつは……ばかだ」そうして敬礼のまねごとをすると去っていった。

ターニャは深々と息をつき、レイフに向き直った。レイフは殺意のこもった目でハリーの後ろ姿を見ている。一瞬ターニャは当惑した。嫉妬のはずはない。そうだ、きっとハリーの最後のせりふに、あの〝ばか〟という、人を見くだしたようなひと言に腹を立てているのだ。

いまここで終わりにすべきだわ、とターニャは思った。少なくともいまならニッキーに見られずにすむ。「何かわたしに用だったの、レイフ？」

レイフはかたい表情でターニャを見たが、ブルーの目はもうなんの感情もうかべていない。「きみがあまり長いこと戻ってこなかったものだから」淡々とした口調だ。

「わたしはわたしで楽しんでこいって、あなた言ったじゃないの」

レイフの口もとがゆがんだ。「きっときみがあんまり素直に従ったので、びっくりしてしまったんだろう」

「わたしを捜しまわっている間も、あの完璧な秘書がきちんと留守を守ってくれるんだから安心よね」ターニャは思わず言い返した。

「確かにニッキーは頼りになる」レイフは冷たく答える。

わたしはばかだわ、とターニャは心でつぶやいた。ただでさえ傷ついているのに、さらに傷つくせりふを自ら引きだしてしまうなんて、わたしは愚かなマゾヒストだ。「いまさら遅いかもしれないけど、このドレスを着てきたこと、謝るわ、レイフ」重苦しい声で言う。「それとミスター・ヨーアンソンのことも」

「ミスター？　きみは彼と踊っているうちにもっと親しい呼びかたができるようになっていたはずだよ、ターニャ」レイフは辛辣に言った。「ヨーアンはきみが戻るのを首を長くして待っている」

ターニャの顔から血の気が引いた。まさかレイフは仕事の取り引き相手にわたしを売るつもりじゃないでしょう？　そんなはずはないわよね？　たとえわたしに関心も執着もなくしてしまったのだとしても、仕事のためにまさかそこまで……。だって、わたしはまだ彼の妻なのよ。

「わたし、気分がすぐれないの」ターニャは震える声で言う。「先に帰るって言おうと思っていたのよ」

レイフは眉をあげた。「もう今夜は十分やりたい放題やったというわけかい？　せっかくぼくのほうも暴力沙汰を起こしたい気分になってきたのに」

「残念ね、お互いのタイミングがあわなくて」ターニャは吐き捨てるように言った。「家にいたら、もっとタイミングをあわせられたかもしれないわ」

「そう、そしてぼくは相変わらずきみの本性が見えないままだっただろう」

「見えないだけじゃなく、あなたは自分の認めたくないものに対しては、耳も聞こえないし口もきけないんだわ」

埋めようのない溝の両側から、二人はひえびえとした目を見かわした。

「まあ、帰りたいなら帰ればいいだろう」レイフは肩をすくめた。「もうきみがいなければならない理由もないし」

「ええ、きっとそう言うと思ったわ」ターニャはやんわりとした口調に苦い思いをこめて言う。「それじゃ、あの秘書嬢によろしくね。あなたのことはわたしよりも彼女のほうがよくご存じだわ。それも当然よね。あなたはわたしよりも彼女に心を許しているんだから」

レイフは口を真一文字に結んだ。目はぎらぎら光っている。ニッキーのことをとやかく言われるのがよくよくいやなのだろう。

「階下のタクシー乗り場まで送ろう」彼は表情をやわらげもせずに言った。

「結構よ」

「きみはぼくの妻だ」

「ええ妻だわ、見せびらかすためだけのね」ターニャはエレベーターのほうに歩きだした。

レイフが低く悪態をつきながら追いついてきて、〝下〟のボタンをぐいと押した。すかさず扉があき、彼はターニャのウエストを抱きよせるようにしていっしょに乗りこむ。エレベーターはからで、二人のほかに乗ってくる人もいなかった。扉がしまるとターニャは目をとじ、このまま永久に二人でいられたらいいのに、と愚かしい思いに胸をうずかせた。

だがエレベーターはわずか数秒で一階に着いてしまった。彼が憎いわ。ターニャは自分にそう言いきかせた。しかしそれが嘘だということは、自分自身が一番よく知っている。わたしは彼を愛しているのだ。うつろな魂のすべてをかけて。

レイフはターニャのウエストを抱いたまま、ロビーから玄関へと赤い絨毯の上を歩いていった。彼のぬくもりはターニャの胸にやるせない思いをかき立てた。儀礼的に抱いているだけだとわかっているのに、それでも腰にかけられた手の熱さが血を沸き立たせ、なじみ深い情熱を呼び覚ます。

ヨーアン・ヨーアンソンの思わせぶりな愛撫には心がひえる一方だったのに、相手がレイフだとタキシードの袖を肌に感じるだけで全身に震えが走り、もっともっとと彼を求めてしまう。

ドアマンが玄関の扉をあけてくれた。外に出るが早いか、レイフは列を作っているタクシーのほうに手をあげる。一刻も早くわたしを追い払いたいんだわ、とターニャは打ちのめされた気分になった。

「わたし、お金を持ってきてないの」レイフに頼らなくてはならない屈辱に、彼女は小声でつぶやいた。

レイフは黙ってタキシードの内ポケットに手を入れ、百ドル札のつまった財布を差しだした。お金のこととなるとレイフ・カールトンは気前がいい。彼が与えてくれないのは心だけなのだ。

「ありがとう」ターニャは恥ずかしさに顔を赤らめ、そそくさと財布をイブニングバッグに突っこんだ。これを最後に、二度と彼にはものを頼みたくない。

タクシーが二人の前に来たので、レイフは体を引いた。ターニャはこのときになって、彼にもうひとつだけ頼みがあることに気がついた。彼の横に立ち、石のように無表情な顔を見あげる。レイフの目には優しさのかけらもなかった。厳しいだけの、ぞっとするような目。

ターニャは乾ききった口の中をしめらせようと、ぐっと唾液をのみこんだ。頼んでしりぞけられたとしても、それがどうだというのだろう？　プライドなんてもうどうでもいい。麻痺したような唇になんとか感覚をよみがえらせようとして、彼女はちらりと唇をなめた。

それを見てレイフの目つきがますますとがった。

「まだ何か？」いらだたしげな声で言う。

いま言わなければ永久に言えない。ターニャは自分を叱咤した。「おやすみのキスをしてくれる？」その声はかすれたささやきにしかならなかった。

レイフの顔にみるみる怒りの色がみなぎって、ターニャは一瞬はねつけられるかと思った。だが、彼はすぐにあざ笑うようなまなざしを向けて言った。

「もちろん」

背をかがめ、ターニャの唇にさっと唇を触れる。侮辱的なほど短いキスだった。触れたと思った次の瞬間にはもう離れていた。ターニャの目に涙がこみあげてくる。かすんだ視界の中でなんとかタクシーに乗りこむと、ドアがばたりとしまった。ターニャは目をしばたたき、窓の外を見た。レイフはもう向きを変えている。りんとした黒い後ろ姿が赤い絨毯の上をずんずん遠ざかっていく。

ニッキーのところに戻るのだ。

「お客さん、どちらまで？」運転手が言った。

どちらまで？

ターニャは必死に答えを探した。

そしてバッグの中の財布を思いだした。軍資金はたっぷりある。終わりにするための資金——レイフとの結婚の終わり。

「セベル・タウンハウス」ターニャは疲れた声で言った。

それは町はずれにあるいいホテルだった。あそこなら明朝なまめかしい黒のドレス姿でタクシーをつかまえても、見とがめて目をむく人はそう多くはあるまい。

レイフはいつも朝八時には仕事に行く。明日もそうだろう。その時間を過ぎてからタクシーで家に帰り、荷作りして、彼が夕方帰ってくるまでに出ていこう。もう彼には二度と会いたくない。もうわたしたちには何も残ってはいないのだから。この心の内の灰以外には。

火は消えたのだ。

## 6

その夜はろくろく眠れなかった。ひとりで寝るのはレイフと結婚して以来初めてだった。これからはこういうことに慣れなくてはいけないのだと自分に言いきかせたが、鮮やかすぎる記憶がターニャを苦しめる。

朝食のルームサービスを頼んだのはおなかがすいたからというより、時間をつぶすためだ。食欲はまるでなかった。どこも悪いところはないはずなのに、まるで病人みたいに気分がすぐれない。世間では時がすべてを解決するというけれど、ほんとうにそうなのだろうか。落ちるところまで落ちて、これ以上みじめな状態は想像がつかなかった。

食事がすむとターニャはベッド脇(わき)のデジタルクロックの表示を見つめ続け、八時五分になったところでフロントに電話した。チェックアウトしたいと告げると、五分ですむと請けあってもらえた。五分恥ずかしいのを我慢すればいいのだ。

こんな朝からあの黒いドレスを着るのはひどく決まりが悪かったが、ほかに着るものがないのだからしかたがない。さらに悪いことには、髪がくしゃくしゃに乱れていた。ブラシを使いたいけれど、むろん持ってきてはいない。彼女にできるのは人目に触れる時間を可能なかぎり短くすることだけだ。

ニッキー・サンドストラムにはこんなことはあり得ないだろう。万事につけ細心で計画的でクールなニッキーが、わたしのように衝動的な行動に走るとは思えない。そう、彼女は乱れた髪のまま外に出るようなことはしないに違いない。

レイフはゆうべ家に帰っただろうか？　それともあの用意周到な秘書にそそのかされ、彼女に一夜の慰めを見いだしたのだろうか？　いや、レイフは自分のしたくないことをそそのかされてするような男ではない。ニッキーと泊まったのだとしたら、彼自身がそうしたかったからだ。

いずれにせよ、いまは家にはいないはずだ。レイフはいつも八時きっかりに家を出る。いや、いつもとはかぎらないけれど、今朝はわたしがいないのだから、出る時間を遅らせてでもしたいことはないというわけだ。

ターニャは勇気を奮い起こして部屋を出ると、階下のフロントに向かった。ぴったり五分でチェックアウトをすませ、タクシーに乗りこんで運転手にポッツ・ポイントの住所を告げる。そしてほっとしたようにシートによりかかったが、そのうち考えたくもないことが頭にぽっかりうかんできた。自分の残りの人生はからっぽになってしまうのだということが。レイフとはもう二度と会えないのだということが。

かたく決めていた心が初めてぐらついた。レイフと別れようだなんて、わたしはどうかしているのではないかしら？　でも、別れるしかないのだ。このままではわたしは一生飾りもので終わってしまう。彼とはもう心を通わせる余地はないのだから、どんなにつらくても自分の道を行かなくては。

タクシーは渋滞に引っかかってなかなか進まなかったが、とりとめもなくレイフのことを考えているうちに、いつの間にか家に着いていた。家の私道にアストン・マーティンはない。扉のしまったガレージの中もからだろうとターニャは思った。時刻は八時三十分。運転手に料金を払って玄関へと小道を歩く。

途中立ちどまって、この二階建ての白い館を眺めるようなことはしなかった。港を見おろす豪邸も、ターニャにとってはなんの意味もないものだった。経済的な豊かさは結婚生活の豊かさを示すものではなく、レイフの成功の象徴にすぎない。

玄関前の石段まで来ると、ターニャはそばの植木鉢に隠した非常用の合鍵をとった。人目を忍ぶようにそそくさと鍵をあけ、中に入ってドアをしめると安堵の吐息がもれた。これからいよいよ荷物をまとめ、思い出に別れを告げるのだ。

玄関ホールは個人の住宅にしては広々としている。左側のドアは客間、右側のドアは居間に通じている。正面には二階の寝室に続く広い階段がある。

まずはこのドレスを着がえなくては。ターニャはそう考え、床にハイヒールの音を響かせて階段に向かった。片手をてすりにかけ、片足を一段めにのせたところでレイフの声がした。

「ようやくご帰館か！」

蔑むようなものうげな声が耳に突き刺さり、悪寒となって背筋を駆け抜ける。くるりとふり返るとレイフが居間の戸口によりかかり、両手を腰にあてのんびりと立っていた。

ゆうべのタキシードのスラックスをはいているが、上着は着ておらず、ボウタイもはずしている。シャツは大きくはだけ、袖はまくりあげられていた。顎にはうっすらひげが伸び、豊かな黒い髪はぼさぼさに乱れていた。目のまわりに疲労が色濃くにじんでいるが、ブルーの目はふだんよりもさらにいきいきと輝き、強い非難をこめてターニャをじっと見つめている。

くつろいだ姿勢はただのポーズだ。いまの彼は獲物にとびかかるチャンスをうかがっている獰猛な野生動物のようだ。むろんとびかかるだけではすまないだろう。レイフは獲物を八つ裂きにして貪り食おうとしているのだ。首に青筋が立ち、殺気がオーラのように全身をとりまいてゆらめいている。

いるはずのないレイフを前にして、ターニャは頭の中が真っ白になり、魅いられたように彼を見つめた。火はまだ消えていなかった。レイフはまだわたしの体に未練があるのだ。いまはまだ。

「何か言うことはないのかい、ターニャ？」とレイフは言った。「釈明も弁解も？　朝の挨拶さえしないつもりかな？」

ターニャはてすりをぎゅっと握りしめた。脚の力が抜けそうで、何かささえが必要だった。激しい動悸がし、胃は裏返っている。レイフの真意はいったいなんなのかと、不意に頭がめまぐるしく働きだした。だが結局は、一番最初にうかんだ質問をするのが精いっぱいだった。

「いったいここで何をしているの？」その声は自分とは無関係な、どこか遠いところから聞こえてくるようだ。

「きみを待っていたんだよ」レイフは無気味な口調

で言った。

いままで一度もわたしを待つ必要などなかった人が、初めて待たされて激怒しているのだ。「あなたはもう仕事に行ったと思ってたわ」釈明と謝罪のつもりでそう言ったが、自分がなぜ謝らなければならないのかはわからない。「でも、まだいたのね」力なくつけ加える。

「そう、九時間と二十三分前からここにいた」とレイフは強調した。「楽しかったかい、ターニャ？ゆうべは誰に抱かれてきたんだい？」

「ばか言わないで！」ターニャは信じられない思いでぴしゃりと言う。わたしが別の男性と外泊したなんて、レイフはどうして思えるの？　わたしがタクシーに乗りこむのをその目で見たじゃないの。「そんなばかばかしい……」

「ばかばかしい？　だったら、どうして帰ってこなかったんだい？」

ターニャは顎を突きだした。プライドを傷つけられたのはレイフひとりではないのだ。「あなたのおやすみのキス、ものすごくおざなりだったわ」

「ほう！　すべてそのせいだというわけか」

「すべてというわけじゃないわ」

「ずるい言いかただね、ターニャ」

レイフは両手をだらりと脇におろし、ゆっくり近づいてきた。彼の声は甘い硫酸のようにしたたり、ひとしずくごとにターニャの心に焼け焦げを作る。

「ぼくが公衆の面前でどんなキスをするかに、きみの貞操がかかっているとは知らなかったよ。それでゆうべは、誰がぼくのかわりになったんだい？」レイフは容赦なく続ける。「グラハムか？　われらが友人ヨーアンソンか？　後学のために教えてもらいたいね」

「あなた、狂ってるわ」ターニャはつぶやいた。わたしが別の男性に走ったと思っているなんて！

「狂ってなんかいないさ」レイフはけだるげな口調で言う。「ぼくが狂ってるなんて誰も信じないだろうよ」

ターニャは途方に暮れて頭をふった。どうしてそこまでわたしを疑えるの？　ヨーアン・ヨーアンソンは見ず知らずの他人も同然の相手だ。ハリーだって……何年かいっしょに働いたことがあるだけで、友だち以上の関係ではない。それはレイフも知っているはずだ。わたしはバージンだったのだ。わたしがほかの男性に身をまかせるような女でないことぐらい、彼も知っていていいはずだ！　それともレイフにとってわたしという女は、そういうことと切り離しては考えられない存在なのだろうか？

レイフは片手を伸ばし、てすりにかけているターニャの手を上から包みこんだ。もう一方の手で彼女の顎のえくぼをそっと撫でる。「それにもうひとつきみにききたいのは……いま満足してるかってことだ」やんわりと言う。

「満足なんかしてるわけがないわ」ターニャは絶望したように彼を見つめた。「たとえ何をしてこようと、満足なんかできるはずがないでしょう」

「そいつは気の毒に！」レイフは顔をゆがめてほほえんだ。「それにしても、ぼくは妻に理解があるだろう？　もっとも、許すにはまだ少し時間がかかるかもしれない。人を許すのはあまり得意じゃないんだ。だが、もしかしたら許せるかもしれないよ」指先で大きくあいた胸もとを撫でおろしながら言う。「きみはぼくに何もかも忘れさせることもできるんだ」

彼はわたしを抱きたいのだ。いまでもまだわたしがほしいのだ。ターニャの全身を衝撃が貫く。それともレイフはわたしを嘲っているだけ？　ゆうべのわたしの行動に対して悪意にみちた復讐をもくろんでいるの？　わたしのせいでヨーアンソンとの取り引きがだめになってしまったから？

レイフはターニャの胸から手を離し、今度はその手をとび色の髪に差しいれた。「ゆうべのきみはよほど激しかったんだな。この髪が証拠だ。帰る前にきちんと直してきたらよかったのに」たしなめるような言いかただ。「どんなにきちんとしていてもぼくは騙されないが、これでは誰が見ても一目瞭然だ。少しは気をつかってほしいな。夫のプライドが傷つくよ。それにますます妄想をかき立てられてしまう」

「やめて、レイフ」ターニャは声をつまらせて言う。

「ぼくだってやめたいんだよ、ターニャ。やめられたらどんなにいいか。だが、やめられないんだ。きみの体が誰に抱かれ、どんな反応を示しているかを考えて、ひと晩じゅう悶々としていたんだからね。せめてその疑問に答え、狂おしい妄想を落ち着かせてくれてもいいだろう？　さあ、グラハムとヨーアンソンのどっちなんだ、ターニャ？」

「どっちでもないわ！」ターニャはかっとなって叫んだ。

レイフは嘲るように眉をあげた。「それじゃいったい何をしていたんだ？　気にいった男が見つかるまでタクシーでほっつきまわっていたのかい？　それともタクシーの運転手がゆうべの相手だったのかな？」

「いい加減にして！　わたしは誰ともいっしょじゃなかったわ。ひとりでセベル・タウンハウスに泊まったのよ。男の人と過ごそうなんて考えは頭にうかびも……」

ざらついた笑い声がターニャの言葉をさえぎった。

「なんて都合がいいんだ！　そこはわれらがヨーアンソンの滞在先じゃないか。ダンスしたときに打ちあわせしたのかい？　やつはあとでぼくと話をしたときには何食わぬ顔をしていたけどね」

「何も打ちあわせなんかしなかったわ！」

「それはそうだ！　ぼくもどうかしているな。きみを前にするとぼくはこんなにもおかしくなってしまうんだよ、ターニャ」レイフの手がターニャのうなじをもみほぐすように愛撫しはじめる。「きみがその気になったのは、おやすみのキスのあとだったんだっけね。意のままに操れるはずの大甘な男がおやすみのキスに情熱を見せなかったからだったんだ。だからヨーアンソンは、ホテルに戻るまでこんな幸運が自分を待ち受けているとは知らなかったんだ」

レイフはわたしの話を聞いていない。まるで聞く気がない！　ターニャは憤怒に声を震わせ、もう一度言おうとした。「レイフ、さっきから言ってるでしょ？　わたしは誰とも……」

「やつはどこから始めた？　胸からかい？」レイフの手がターニャのバストへ移動し、柔らかなふくらみをじらすように撫でる。「きみはこうされるのが昔から好きだったものね？」ターニャがこらえきれずに反応しはじめるのを待って、燃えるような目で顔をのぞきこむ。

「やめて、レイフ」ターニャは懇願するように言った。「こんなのはいやよ」

その言葉をレイフはわざとねじ曲げて解釈する。

「そうだった。服は脱いだほうがいいんだっけね」

ターニャの頭にはもやがかかりはじめていた。レイフの腕の中に倒れこみ、この醜悪な場面をおしまいにしてしまいたい。体をひとつに重ね、愛の行為にふけってほかのすべてを忘れられたら、どんなにいいだろう。

ふとレイフの手が、背中のあいたドレスの縁にかけられた。目には抑えようのない荒々しい光が宿っている。彼はやにわにドレスを引っぱった。前の部分がウエストのへりまで一気に裂けた。

「このドレスがきみにこれほど似あうとは思わなかったよ、ターニャ」レイフはあらわになった胸を見おろし、うめくように言った。

　ターニャはどうすることもできずに凝然と立ちつくしている。

「なんて美しいんだ！」胸のふくらみを片手に包みこみ、欲望をむきだしにしてレイフは言う。「どんな男だってこの体には、この肌ざわりには魅せられてしまうだろう……」

　ターニャは音高く彼の頰を打った。自分でも無意識のうちに手があがってしまったのだ。気がついたときはぴしっと大きな音がして、てのひらがじんじん痛んでいた。彼の頰に白くついた手形がほんのりと赤く染まっていくのを、ターニャは熱にうかされた目で茫然と見つめた。

「わたしに……さわら……ないで……」息を切らし、胸を大きく上下させながら、力をふりしぼってとどめを刺す。「もう二度とさわらないで！」

　レイフの喉から凶悪なうなり声がしぼりだされた。目は炎のようにめらめらと燃えさかり、荒れ狂っている。レイフは両手でがばとターニャの体をとらえ、肩にかつぎあげると、そのまま足音も荒く階段をのぼりだした。ターニャは足をばたつかせてもがいた。レイフは彼女の腿を両腕でさらにきつく押さえこみ、背中を引っかかれてもびくともせずに階段をのぼっていく。

「さわるなだと？　このあばずれめ！　ゆうべはひと晩じゅうぼくに抱かれたがったくせに！　それをぼくがかなえてやらなかったから、きみの気まぐれを最優先してやらなかったから、ほかの男にさわらせてぼくをひと晩じゅう苦しめたんだ！」

　レイフは寝室のドアを蹴ってあけ、ベッドの上にターニャの体を放りだすと、引き裂かれたドレスを両膝で押さえこんで彼女の動きを封じながら、ドレスシャツをむしりとるように脱ぎはじめた。

「きみはまさしく妖婦だ！　あらゆる男を夢中にさせずにはおかないんだ。それなのにぼくにはさわるなだと？　トムだのディックだのハリーだの、よその男には片っ端からさわらせているくせに、ぼくにはさわるなだと？」

続いてレイフはスラックスのジッパーをおろした。

「動くな！」とどなりながら、立ちあがってスラックスを脱ぎ捨てる。「これからいやというほどさわってやる。そうしてきみが誰のものか、はっきりわからせてやる。きみはぼくのものだ！」

ターニャは身じろぎもしなかった。レイフの剣幕に縮みあがったのではない。理性を失った彼の姿を目にして、魅いられたように陶然となっていたのだ。いまのレイフは完全に自制心をなくしている。

こんなことは初めてだった。ターニャの麻痺した頭にひとつの認識がじわじわとしみこんできた。彼はわたしがほかの男に抱かれている光景を思い描いて、ひと晩じゅう苦しんだのだ。わたしは彼の態度をまるっきり誤解していたんだわ。常に冷静さを失わなかったレイフが、いまは自分を制御しきれなくなっている。

不思議と恐怖は感じなかった。レイフの凶暴さには何かぞくぞくするような原始的なものがある。彼がほしい、こんなふうに自制心をかなぐり捨てた彼が。彼もわたしを求めている。わたしの体に自分のしるしを永遠にきざみつけようとして、全身でのしかかってくる。

「きみはぼくのものだ！　ぼくだけのものだ！」そう叫ぶと、レイフは荒々しくターニャに襲いかかってきた。ターニャは気が遠くなりそうな強烈な喜びに包まれ、心の中で叫ぶ。そうよ、わたしはあなたのものだわ。ただ、あなたの言う意味とは違うけれど。

いまのレイフはもはやターニャが知っている愛のエキスパートではなかった。ターニャを快楽の世界に導く計算された技巧は、もうどこにもない。自分以外のすべての男を排除し、ターニャを完璧(かんぺき)に独占しようと、その体に獣のように襲いかかっている。そしてターニャはレイフのがむしゃらな攻撃に酔いしれていた。制御のきかない攻撃に。

彼がわたしを利用しているだけだとしてもかまわない。いまひととき、彼はわたしのものだ。わたしひとりのもの。彼の頭には仕事のこともニッキーのこともない。いまはわたしのことだけが頭を占めているのだ……。

レイフがせっぱつまったかすれ声でターニャの名を呼び、ターニャは体の内に熱い奔流を受けとめながら声には出さずに叫んでいた。あなたを愛している、あなたに愛されたい、と。

でも、彼はわたしを愛していない。

ターニャの体からいっさいの力が抜けた。もう何も考えられず、動くことも口をきくこともできない。長いまつげの奥からレイフを見つめ、彼の次の動きを待つ。わたしの胸に倒れかかるか、それとも体を引いてしまうのか……。

抱きしめて、レイフ。ターニャは心の中で訴えかけた。わたしを強く抱きしめて。

だが、レイフは抱きしめてはくれなかった。体を離し、ターニャを見おろす目に恐怖の色をにじませている。苦悩に顔をゆがめ、彼は完全に体を起こした。悔恨と自己嫌悪に突き動かされた唐突な動作だった。

動物的な本能にとらわれて理性をなくしてしまった自分自身にショックを受け、激しい自己嫌悪にとらわれているのだ。ターニャにはそれが直感的にわかった。レイフはベッドの端に腰かけ、膝に肘をついて頭をかかえこんだ。その姿にはさっきまでのたけだけしさはみじんも感じられない。レイフは傷ついていた。彼がこんなに傷つきやすく見えるのは初めてだった。

ターニャは口を開こうとした。

言葉が舌先をさまよう。これでよかったのよ、レイフ。あなたにはこうすることが必要だったの。わたしは嬉しかったわ。あなたを、あなただけを愛しているんだもの。

そのとき、レイフがぶるっと体を震わせて立ちあがった。もう一度人生の重荷を背負おうとするかのように肩を怒らせ、クロゼットから清潔な衣類をとりだす。それからロボットのように機械的な足どりで浴室に向かった。

浴室のドアが彼を吸いこんでとじられた。

ターニャはベッドの上でのろのろと横向きになった。涙がこみあげ、とめどなく頬にあふれだす。いまレイフが何をしているのかはわかっていた。わたしを愛した痕跡を洗い流しているのだ。例によって仕事のため、ニッキーのため、わたしの残り香をきれいさっぱり落とそうとしているのだ。

何も変わらないんだわ。いや、変わらないわけではない。レイフはいままで以上にかたい鉄壁の自制心で、わたしの思いをはね返すようになるだろう。

ターニャは声もなく涙を流し続けた。ひっそりと身動きもせずに。慟哭の声は心の奥深くにとじこめられている。

レイフが浴室から出てくる音がした。その場にたたずんでこちらをじっと見ているのがわかる。それは永遠に続くかと思われた。ターニャは彼の罪悪感を、彼の不安を、彼の悔恨を感じとった。でも、彼はわたしを愛してはいないのだ。

ようやくレイフがベッドに近づいてきて、ターニャの顔を見ずにすむよう反対側に腰かけた。身をかがめ、背後からそっと髪を撫でる。

「痛かったかい？」低い声だ。

ええ。心が破れて痛いわ。だが喉につかえたかたまりをのみくだし、ターニャは言った。「いいえ」

　レイフは彼女の髪を撫で続ける。

ターニャはぴくりとも動かない。

「悪かった」レイフが苦しげな低い声で謝る。

「ほんとうにわたしがゆうべ別の男性といっしょだったと思っているの？」ターニャはうつろな声で言った。

　レイフは押し黙り、彼女の髪から手を引っこめた。

「ちらっと頭をかすめたんだ……」

「わたしはひとりだったわ、レイフ」ターニャの口調は淡々としている。彼が信じようが信じまいが、もうどうでもいい。

「ターニャ……」重いため息まじりの声。手が優しくターニャの肩にかけられる。「ぼくにどうしてほしい？」

「仕事に行きなさい、レイフ。自分のしたいことをすればいいのよ」ターニャはあきらめきったように言った。

　レイフの手が内心の動揺を物語るように彼女の肩をそっとさすりはじめた。行くべきか、とどまるべきか。やがて彼はターニャの肩を引きよせてあおむかせた。ターニャは逆らわなかった。逆らう気力も体力もなかった。わたしの顔を見たいなら見るがいいわ。どうせこれが最後になるのだから。

　涙はとまっていたが、しずくの残るまつげや濡(ぬ)れた頬はターニャの失意を表していた。彼女はぼんやりと彼を見あげた。自分がどう見えるか気にもならない。もうレイフには何も期待していない。

　レイフは奇妙な目でターニャを見つめた。まるで自分が結婚したターニャとは別人を見ているような目だ。むろんレイフから見れば、わたしはもうあのころとは別人なんだわ。汚れを知らないバージンから、不実な妻に変わってしまったんだから。

レイフもいつもと違って見える。げっそりとしてなんとなくふけこんだような感じだ。きっと睡眠不足のせいだろう。

「今日はきみといっしょにいたほうがよさそうだ」とレイフは言った。

ターニャは顔をそむけて彼のいたわりをはねつけた。あるいはいたわりというより反省か。なんだって同じことだ。「いいえ、レイフ。わたしのことはしばらく放っておいて。ひとりで頭の中を整理したいの」吐息とともにつぶやく。

「しかし……」

「お願いだから行って！」ターニャは突然怒りに駆られて叫んだ。「いまはひとりになりたいのよ」

「わかった」レイフは陰鬱な声にかすかな疑念の響きをひそませて言った。「きみがそう望むのなら」

ヒステリックな叫びが喉の奥からふつふつとわきあがってきたが、ターニャはなんとかそれをのみくだした。わたしが望んでいるのはひとりになることなんかじゃない。だけどあなたは、わたしの望むものを与えてはくれないんだわ。もう話すことは何もない。話せば、わたしがゆうべひとりだったのをわかってくれるというの？

答えは全部出ているのだ。事態は何も変わらない。レイフはゆうべも今朝もわたしの話を聞こうとしなかった。これからも自分の意にそまぬことには耳を貸さないだろう。

「行って」ターニャはきっぱりと言った。

レイフはまだぐずぐずしている。「ほんとうにひとりで大丈夫かい？」気づかわしげな声だ。

「大丈夫よ」

レイフはなおもためらってから言った。「なるべく早く帰るよ」

ターニャは返事をしなかった。早かろうが遅かろうが同じことだ。彼が帰ってくるときには、わたしはもういないのだから。

レイフは出ていった。

ターニャはアストン・マーティンのエンジン音が私道を去っていくまで待った。動きたくなかった。この悲嘆の繭から這いだすのは容易なことではない。でも、いつまでも悲しみにひたっていてもなんにもならないことはわかっている。今日じゅうにこの家を出なければならないのだ。

ターニャは荷物をまとめはじめた。レイフが買ってくれたドレスや宝石は置いていくことにする。どのみちこれからの生活には必要のないものだ。

浴室の中を片づけているとき、ターニャはゆうべピルをのみ忘れたことに気がついた。十二時間遅れで慌てて一錠口に放りこんだが、もうのんでものまなくても関係ないだろう。これからは妊娠を気づかう必要もなくなるのだから。

昼過ぎには荷作りも家の掃除も終わった。わたしが出ていったあとも、レイフはこの家にこのまま住み続けるかしら？　いや、きっと売り払って莫大な利益を得るのだろう。それにニッキーも、わたしを思いださせる家には住みたがらないに違いない。

タクシーを呼ぶ前に、ターニャはレイフへ置き手紙を書くことにした。ゆうべは別に彼を苦しめるつもりではなかったし、今後も苦しめたくはない。きれいに別れるのがお互いのためだ。まして今朝みたいなことがあったあとでは。

文は短く、感情をまじえないものにしよう。結局わたしたちは体で結びついていただけなのだから。

〈レイフへ

これ以上あなたと暮らしていたくありません。祖母の家に帰ります。経済的援助もお断りします。自分ひとりで食べていけます。ただ、あなたと出会う以前のように、自分自身の人生を送りたいのです。

どうぞお幸せに。いままでいろいろありがとう。
ターニャ〉

書きあげた手紙はベッドの枕に立てかけた。そこが一番ふさわしい場所のように思われたのだ。それからもう一度家の中を見てまわった。自分がかつて愛と希望に胸をふくらませてあれこれ整えた家を。でも、もう愛はない。希望もない。

最後にターニャは電話でタクシーを呼んだ。

家を出るときにはふり返りもしなかった。自分の決断を悔やむまいと心に決めていた。わたしは売春婦でも飾りものの人形でもない。ひとりの人間なのだ。二十三という年齢はまだ若い。人生はこれからだ。ターニャはまばたきして涙をこらえた。後悔なんて時間の無駄だ。

## 7

タクシーはターニャを祖母の家の前で降ろして走り去っていった。ターニャは祖母と顔をあわせる前に、まず気を落ち着けて心の準備をしようとした。おばあちゃんはきっとわたしの決断にがっかりするだろう。ビア・ウェイクフィールドにとって結婚は約束ごとであり、約束は約束なのだ。それを途中であきらめて放りだすなんて論外というわけだ。でも、屈服することだって論外だわ。おばあちゃんにはなんとかわかってもらわなければ。

アーターモン郊外にあるこの住宅地には、まったく同じ造りの家が立ち並んでいた。どの家も暗赤色のれんが造りで、家の正面はポーチになっている。

だがビア・ウェイクフィールドの家は、単調な、くすんだ家並みの中でそこだけ華やかに彩られていた。

ささやかな前庭からポーチの壁までびっしりと隙間なくおおっている花々、それが無個性な住宅地の中でビアの家を際立たせているのだ。その見事な眺めは、そのままビア・ウェイクフィールドの希有な人柄を表していた。彼女の強い意志、並々ならぬ才覚、そして物事に対するひたむきさを。でも、それは愛情の豊かさの表れでもあるのだ、とターニャは自分自身を安心させるようにつぶやく。

今日の花々はいちだんと色鮮やかで、門をあけるターニャを明るく迎えてくれているように見えた。

おばあちゃんはまた例の子ども向け栄養剤を使っているんだわ、とターニャは思った。昔、生活が苦しかったときに、ビアは子どもが栄養剤を食べて大きくなるのなら、植物だって栄養剤をやれば大きくなるはずだと考えつき、水にまぜてしょぼくれたゼラニウムにやってみたのだ。その効果はめざましいものだった。

その後、だんだんにちゃんとした肥料を買う余裕が出てきたけれど、どれもあの栄養剤にはかなわなかった。ターニャは子どものころ、祖母がこの最強最高の自家製肥料の製法を完成させたのを知り、絶対に他言しないと誓わされた。ほかの人に知れたらみんながまねするからと。

実際、祖母の庭にはほとんどお金がかかっていない。人からもらった球根や花の種を植え、丹精こめて育てただけなのだ。けれどもこんなに行き届いた愛情はお金で買えるものではない。

レイフとの結婚生活に欠けていたのはこういう愛情なんだわ、とターニャは思った。すべてをはぐくみ、成長させていく愛情。レイフとの生活の中で育ったものは何ひとつない。愛情を与えられず、何もかもしおれていっただけだ。

ターニャは疲れた吐息をもらした。わたしが軽い気持で家を出たわけではないことを、おばあちゃんにはわかってほしい。問題はあまりに大きく、解決のしようもないほど根が深いのだ。別に彼を愛していないわけじゃない。むしろ死ぬまで愛し続けるだろう。けれど、もうこれ以上いっしょには暮らせないのだ。

ターニャはスーツケースを引きずるようにしてポーチの階段をあがった。スーツケースも重いが、彼女の心はそれ以上に重かった。ドアのチャイムを鳴らすと、ほどなくして祖母が出てきた。ターニャは祖母の顔を見て、なぜか心からほっとした。

ビア・ウェイクフィールドは強い女性だ。七十歳という年齢にもかかわらず、いまだ衰えのきざしすら見せずに長身の体ですっくと立っている。背中も曲がっていないし、豊かな胸も堂々と張りだしている。かつて赤かった髪はもう真っ白だが、昔と変わらずふさふさとしてきれいにカットしてある。長い間生きて悲しみも苦しみも乗り越えてきた顔は、いいことと悪いこと、正しいことと間違ったことを見抜く眼力と、いかなる愚行も許さない厳しさをうかがわせる。

でも厳しさだけではなく、そこには優しさもあった。優しさとあたたかさ。ターニャが覚えているかぎり、祖母は人にものを頼まれて断ったことがない。ただし栄養剤の秘密だけは別だ。あれは祖母ひとりのひそかな楽しみであり、他人の幸不幸に直接かかわるものではない。

いま祖母のはしばみ色の目はターニャを見て驚きに見開かれていた。孫娘のやつれた顔に目をこらし、ちらりとスーツケースを見る。そしてターニャをその胸に強く抱きよせた。

これが愛情というものよ、レイフ。これがほんとうの愛情だわ。ターニャは心の中でそうつぶやき、祖母の抱擁にこたえた。「会いたかったわ、おばあちゃん」かすれ声で言うと祖母の頬にキスする。

ビア・ウェイクフィールドは体を引き、かすかな微笑をうかべた。「よく来てくれたわ、ターニャ」それから何か考えこむようにターニャの顔を見つめ、「中に入りましょう」と言った。「いまお茶をいれるわ」

「ありがとう」ターニャの声は震えを帯びている。

「そうしてあなたの悩みをじっくり聞いてあげましょう」

「どうしてそれを……?」レイフが電話するはずはない。彼はまだ、わたしが家を出たことすら知らないはずだ。

「ターニャ……」ビアは安心させるようにもう一度ターニャを抱きしめると、落ち着き払った、どこかおかしそうな顔で言った。「生活の知恵としてこれは覚えておいたほうがいいわ。人がスーツケースを二個もさげて訪ねてきたら、その人にはきっと悩みがあるものなのよ」

「わたし……」ターニャはすがりつくようなまなざしになった。「わたし、帰ってきたの」

「いつだって歓迎よ、ターニャ」と、ありがたい返事が返ってきた。「さあ、入って」

それから夕方までターニャは食堂のどっしりしたテーブルをはさんで祖母と向かいあい、ときおりお茶を飲みながら――ビアにとってはお茶があらゆる病にきく万能薬だった――自分の悩みをなんとかわかってもらおうと苦心していた。

家を出た理由を説明するのは思いのほか難しかった。レイフが仕事について何も話してくれないこと、子どもをほしがらないこと、ニッキー・サンドストラムにひかれており、ニッキーのほうも彼のそばにべったりくっついてターニャをのけ者にすること……そういった事実はそれほど言いにくくない。だが、レイフとの関係についてはいくら相手がおばあちゃんでも言えないことがある。おばあちゃんにはとてもわかってもらえそうにないことが。たとえば寝室での出来事とか。

　それにゆうべのことや今朝のこともだ。あんなきわどい話は誰にもできないし、話してもやはりわかってはもらえないだろう。わたしとレイフに対する評価がさがるだけだ。いや、もう評価はさがっているらしい。口にも顔にも出さないけれど、おばあちゃんがわたしたちに不満を感じているのが肌でわかる。

「それでわたしはこうするしかなかったの……。この状況ではほかにどうしようもないわ……。そうでしょう？」話せることだけ話してしまうと、ターニャはおずおずと言った。

「まあ、あなたがそう思うのならね」はっきりと賛成はしてくれない。でも、はっきりと反対しているわけでもない。

「おばあちゃんだったらどうする？」これでよかったのだと納得したくて、ターニャは言いつのった。

「そんな質問は無意味ですよ、ターニャ」ビアはさりげなくかわした。

　ターニャはやり場のないいらだちに首をふる。ときどきおばあちゃんはレイフそっくりになるわ。事実、二人はよく似たところがある。意志強固で、いつも理性的で。だからこそ今朝レイフに理性を失わせたときには痺（しび）れるような喜びを感じたんだわ。少なくともあのときだけはわたしが勝ったのだ。たとえ結果的にはわたしの負けだとしても。

「レイフはわたしを自分のものにしたかっただけなのよ」ターニャはどうしても自分の決断は正しいのだと思いたかった。

　祖母はちょっと考えこんだが、その目には微笑にも似た光がきらめいている。「そうね」あっさりした口調だ。「男ってそんなものだわ。太古の昔から何も変わってはいないのよ」

「でも、そんなふうじゃいけないのよ！」

「同感だわ」

ターニャは目をぎらつかせた。「だいたい自分はニッキー・サンドストラムと何をしていると思っているのよ？」

「それについては、わたしもレイフに会ったらきいてみるつもりよ」

「おばあちゃん、彼がわたしのあとを追ってくると思ってるの？」絶望と希望がないまぜになった声でターニャは言った。彼に追いかけてきてほしいけれど、このままそっとしておいてほしいとも思う。

「それはもちろん」祖母は自信たっぷりにうなずいた。「きっと連絡があると思うわ」

そんなはずはない。

そのとき電話が鳴り、ビアが席を立った。ターニャは座ったまま、深い憂いに沈んでいた。が、祖母の「ええ、来てますよ」という声で思わず耳をそばだてた。「ええ、無事ここに着いたわ」

おばあちゃんにわたしのことを尋ねられる人間といったらひとりしかいない。レイフだ！　ターニャは化粧台のそばの大きな箱時計に目をやった。五時半だ。ふだん六時前に帰ることなどめったにないレイフだが、あの置き手紙を読まなかったらここに電話してくるはずがない。今日は早々に仕事から帰ってきたのだ。早々にニッキーと別れたのだ。良心の呵責（かしゃく）ゆえだわ、とターニャは心の中で決めつける。彼はきっと今朝のことがまだ心に引っかかっているのだろう。でも、わたしに会わなければ、いずれあんなことは忘れてしまうはずだわ。

「ええ、できるかぎり」と祖母は言っている。

わたしは大丈夫よ、レイフ。ターニャは胸の内でひややかに言い放った。あなたの所有物だという刻印を押してもらわなくても、わたしは立派にやっていけるわ。

祖母がこちらをふり返り、送話口を片手でふさいで言った。「彼と話をする?」

ターニャはかぶりをふった。

「いいえ、出たくないそうよ、レイフ」また沈黙があり、再び送話口がふさがれた。「こっちに来てもいいかって」

ターニャはやはり首をふった。言いたいことはすべて手紙に書いてきた。もう何も話しあうことはない。

「いいえ、あなたには会いたくないそうだわ、レイフ」さらに沈黙があった。そうしてようやく祖母は言った。「わたしにきいても無駄よ、レイフ。ご自分で確かめなさい。それじゃ、さよなら」受話器がフックに戻された。「レイフからだったわ」ターニャの仏頂づらを見ながら、祖母は言わずもがなのことを言った。

「彼、なんて?」ターニャは好奇心に打ち勝てず、そう問いかけた。

「もしもし、ターニャがいないんです。そちらに行ってませんか? 無事でいますか……」

「彼はどうするつもりなのかってことよ」ターニャはもどかしげにさえぎった。

ビア・ウェイクフィールドは説いてきかせるような口調になった。「ターニャ、わたしは電話に出ただけよ。そういったことを知りたいのなら自分で彼にきいてみなくちゃ」

「ここに来るつもりかしら?」

「どうかしらね。わたしは知りませんよ」

来るわけがないわ。来る理由なんてないもの。彼はわたしの肉体的魅力に執着していたにすぎなかったんだし、今朝のことがあったあとではその執着さえも消えうせてしまったはずだわ。もうわたしに会いたがるはずはない。

そうして、彼はこれからはニッキーのものになるんだわ。いいえ、レイフはもともとニッキーのものだったのだ。彼はわたしのものだったことなど一度もない。

と、突然ターニャの目の前に桃の入ったかごがどんと置かれ、暗い物思いを打ち破った。「悪いけど、これから食事の支度をするから桃の皮をむいてくれない？」とビアは言った。「皮をむいてから煮るのよ。わたしの大好物なの」

「いいわ」ターニャは反射的につぶやいた。

しばらくは桃の皮をむくことで気がまぎれたが、作業が終わったちょうどそのとき、玄関のチャイムが鳴った。祖母が玄関に向かい、ターニャはキッチンのシンクでべとついた手を洗った。

誰だろうなどとは考えもしなかった。すでにレイフが来る可能性はゼロだと決めてかかっていた。だから祖母が戻ってきて「レイフよ」と事務的に告げたときには、胸が激しく高鳴りだした。「居間であなたを待ってるわ」

ターニャは茫然として祖母を見つめた。「なぜ？」動揺のあまり、ぽろりとそんな言葉が口をついて出る。

「本人にきいてごらんなさい。あなたのだんなさまでしょう？」と祖母は答えた。

洗ったばかりの手が急にじっとり汗ばんできた。背筋にかすかな戦慄を感じながら、タオルで手を拭き直す。体が熱くて冷たい。彼と顔をあわせることを思っただけで……こわい。

ターニャは自分に鞭打つようにして居間に向かった。レイフが来たのは単なる義務感ゆえだわ。単なる責任感。別にわたしのことが気になったわけじゃない、わたしに最後通牒を突きつけられるのが我慢ならないだけなのよ。わたしの気持をわかってくれたわけじゃない。

居間のドアは開きっ放しになっていた。レイフは部屋の真ん中に立って、近づいてくるターニャをじっと見つめている。魅力的なレイフ。胸が痛くなるほどハンサムな、一分の隙もないその姿。紺のビジネススーツを着て、クラシカルな絹のネクタイを――赤地に紺の小さな錨をちりばめたネクタイをしめている。あのタイはわたしがプレゼントしたものだ。レイフは覚えているかしら？

レイフの顔は無表情な仮面のようだ。ブルーの目は暗い。ひどく暗い。かたく心を決めているかのように、にこりともせずにターニャに視線をすえている。その全身にみなぎる緊張感に、いやでもターニャは今朝の出来事を思いだしてしまう。

ターニャは口の乾きを感じて思わず唾液をのみこんだ。それから昂然と顔をあげ、好戦的な口調で言った。「来ることはなかったのに」

「来たかったんだ」レイフは物柔らかな……完全に抑制のきいた声で答える。

「あなたって、いつでも自分のしたいようにするのね？」ターニャは苦々しげに嘲った。

レイフの頬がぴくりと引きつった。歯を食いしばっているのか、顎がこわばっている。それでも彼はしいて穏やかに言った。「それは違う。だが、きみがそんなふうに思っているなら謝るよ。ぼくの気持ばかり押しつけて悪かった。もう二度とあんなふうにきみを扱いはしない。約束する」

「あんなふうにってどんなふうに？　ものを扱うようにってこと？　わたしはあなたにとってものにすぎなかったのよね？」

レイフは気を静めようと大きく深呼吸してからゆっくりと言った。「きみが怒るのも無理はない。それはわかる。しかしぼくは……きみをもの扱いしていたわけじゃない」

「あなたはわたしを利用してきたのよ、最後までね」ターニャは意味ありげに、あえてゆっくりと言った。

ターニャを見つめる目に苦悩がゆらいだ。「それは違うよ、ターニャ。きみを利用したことなど一度もない。今朝だってきみを利用したわけじゃない。ただひたすらきみがほしくて……そう、愛したんだ。きみもぼくを愛し、求めてくれているんだと思ってね。そういった気持ももう消えてしまったというのかい？」

レイフがわたしを……〝愛した〟……〝ほしかった〟……ターニャは耳を疑った。でも、彼の思いは確かにまなざしに表れている。少なくとも〝ほしい〟という気持のほうは。

突如ターニャの心と体に、常識とはまるで無関係な狂おしい衝動が吹き荒れた。ああ、レイフにこんなふうに見つめられただけでなぜ常識が吹きとんでしまうの？　彼のもとに帰っても結果は知れている。男というものは決して変わらない。おばあちゃんが言ったように何千年も変わってはいないのだ。それなのにまだ彼を求め、愛を捨てきれないなんて、わたしはどうしてこんなにばかなの？

ターニャは息をすることも忘れ、体を熱いうねりに包まれて唇を震わせた。その両手が無意識にあがり、レイフのほうに伸ばされる。訴えかけるように、希望をこめて……。

レイフは苦しげに顔をしかめ、次の瞬間何かに駆り立てられたようにターニャに近づいてきた。そうして彼女の体を抱きしめ……安堵に小さく身震いした。

「きみがほしいんだ、ターニャ。これからもずっと」しゃがれ声で言いながら、ターニャの髪に顔をうずめて熱っぽいキスを浴びせかける。とたんにターニャの五感に火がついた。甘美なおののきが全身に広がり、体の芯をせつなくうずかせる。

思わず両手をレイフのウエストにまわし、ターニャは体じゅうで彼を感じようとした。彼を味わい、彼のにおいを吸いこみ、彼のすべてを永久に自分ひとりのものにしようと……。

「ターニャ……」低い差し迫った声がうめくようにささやく。

レイフはターニャの髪に指をからませ、そっと引っぱると顔じゅうにキスの雨を降らせた。ターニャは喜びに酔いしれ、彼の名前をささやき返す。

舌が触れあい、情熱が一気に花開いた。レイフがくちづけを深め、ターニャは彼の背中に爪を立ててめくるめく陶酔にひたる。彼の体熱は骨にまでしみとおり、甘ずっぱい期待で身も心もとろかしていくようだ。ふとレイフが体をこわばらせ、ぶるっと身震いして唇を離した。自分自身をののしるようにくぐもった声をもらし、頭をのけぞらすとターニャの頭をそっと自分の喉もとに押しつける。

「ターニャ……」哀願するようなかすれ声だ。「ぼくといっしょに帰ってくれ、ターニャ」

ああ、わたしだって帰りたい！　レイフとこうしていられるのならなんだってしたい。彼を求めて血が騒ぎ、肌は官能に息づいている。レイフ……わたしの夫……ただひとりの愛する男……レイフ。

でも情熱を燃やしつくしたあとには何が残るの？　彼は腕時計に目をやり、わたしのことなど頭から追いやってニッキーのところに行くんでしょう？

〝ええ、レイフ、あなたといっしょなら地の果てまでついていくわ〟ターニャはそう言いたかった。けれどもそのせりふはすでに言っているのだ。結婚式の日に。あれは結局夢でしかなかった。

レイフはターニャの耳にかかった髪を唇でかきやり、心にじかにささやきかけてきた。「きみはぼくのものなんだ。そしてぼくはきみのもの。いっしょに帰ろう。今夜はひと晩じゅう放さない……」

そしてわたしはまた彼の所有物になるの？　金色の鳥かごの中に戻るの？　夜のお相手をするだけの妻に？　わたしにはそれだけの価値しかないの？

ターニャの心の奥でそう泣き叫ぶ声がする。でも、少なくとも彼の一部はわたしのものだわ。わたしひとりのものではなく、ニッキーとわけあわなくてはならないにしても。

ああ神さま！　わたしは一生この苦しみに耐えなければならないの？　レイフに抱かれるだけで愛してはもらえない生活を、まだこれからも続けていくの？　年をとってわたしが彼の欲望をそそらなくなったら、いったい何が残るというの？

二人の間のどんな問題に対してもレイフの解決法は決まっている。わたしをベッドに連れていき、そこで彼が与えてくれるもの以外はすべて無意味でとるに足りないものなのだと思わせることだ。でも、ほんとうは決して無意味ではない。とるに足りないものでもない。ましてニッキー・サンドストラムにあんなに大きな顔をされていては。

「いやよ……」失望の深みからすくいあげられた抗議のうめきが、ターニャの口からほとばしった。

「そんなこと言わないでくれよ！」レイフは再び彼女の唇を貪り、触れあう喜びだけでターニャの心をみたそうとした。

どこからそんな力を見つけだしたのか自分でもわからないが、ターニャは口をかたくとじてくちづけを拒み、彼の手をふりほどいてやみくもに離れようとした。その拍子に肘かけ椅子にぶつかり、慌ててその向こうにまわりこむ。

「ターニャ……いったい、なぜなんだ！」

レイフはこれまで見たこともないほど怒りをむきだしにし、目をぎらつかせている。

ターニャは全身がわなわな震え、まっすぐ立っていることさえおぼつかない。肘かけ椅子の背につかまり、胸の奥から嫉妬という毒を吐きだすように言い返す。「あなたこそいったいどうしたの、レイフ？　あなたの大事な秘書はベッドにつきあってくれないの？」

レイフは唖然としてターニャを見つめた。「いい加減にしてくれよ、ターニャ！　きみはぼくの妻なんだぞ！」

ターニャの嘲笑にはヒステリーの兆候がひそんでいた。「あなたの妻は彼女よ！　寝室以外では彼女があなたの妻なんだわ。わたしはあなたの欲望をみたすための肉体にすぎないのよ。大事なことは彼女にしか話さず、むらむらしたときだけわたしを利用してるんだわ」

レイフの顔が憤怒で引きつった。「ニッキー・サンドストラムはぼくの部下にすぎない！　彼女が男だったら、きみもそんなばかなことは考えないはずだ」

「彼女が男だったら、わたしをあんなに憎みはしないでしょうし、わたしとあなたの間に割りこむようなこともしないはずだわ」ターニャも激して言い返した。「それにあなただって、そんなふうに彼女をかばいもしないはずよ」

レイフは口もとを引きしめた。「これはぼくたち二人だけの問題なんだ。ニッキーを引きあいに出すのはやめてもらおう」

ターニャの目がかっと燃えあがった。「結構よ！　だったらひとりで帰って！」

レイフはうとましげに両手をあげる。「きみはまったく気違いじみたやきもちやきだな」

「やきもちじゃない、事実だわ！」

レイフの手がせわしくなく宙を切った。「きみはぼくをがんじがらめに縛りたいんだ。ぼくのすべてを完全に独占したいんだ」

ターニャはあきれたように笑い声をあげた。「よくもまあ、それだけ事実をねじ曲げられるものだわね、レイフ！　それはあなたのほうじゃないの。あなたがわたしを独占したがっているんじゃないの」

「きみはぼくを少しでも自分から遠ざけるものはすべて気にいらないんだ。ニッキー・サンドストラムも、仕事も……」

「その仕事だってニッキーといっしょに仲よくやっているのよね！」

「十年来ぼくの片腕としてがんばってくれている相手なら、ニッキーでなくてもいっしょにやるさ！」

「それに機会あるごとにわたしをこばかにする相手ならね！　あなたが仕事の話をしてくれないのは、彼女に話すだけで満足してるからだわ。わたしは肝心なことは何も話してもらえない。それが彼女には嬉しくてたまらないのよ。わたしが他人からあなたのことをきかれ、何も答えられずに恥をかくのを見て、内心ほくそえんでいるんだわ。彼女ならあなたに関するどんな質問にも答えられるから……」

「きみは知りすぎないほうがいいんだよ」レイフはつっけんどんにさえぎった。

「わたしを信頼してないのね？　あなたの秘密の戦略をぺらぺらしゃべりかねない、ばかな女だと思っているのね？　だけどわたしにだって脳みそはあるのよ、レイフ。これでも口はかたいほうなんですからね。ハリー・グラハムの下で働いていたときだって……」

「いつ彼の名前を出すかと思っていたよ」レイフが侮蔑的な口調で言った。

ターニャはきっとなった。「あなたがニッキー・サンドストラムを辞めさせないなら、わたしはまたハリー・グラハムの下で働くわ。あなたが彼女と親しく仕事をしているように、わたしも彼といっしょに仕事をするわ」

「そんな……ことは……させない！」

「いいえ……するわ！」

意志と意志との激しいぶつかりあいに空気がびりびり震えた。ターニャはもう折れるつもりはなかった。自分からは絶対に折れるまいと心に誓いながら、レイフの表情がわずかに変わっていくのを疑惑の目で見つめる。

この先、彼がどう反応するかは手にとるようにわかった。表情をゆるめ、声をやわらげ、しばしわたしが幸せになれるようなことを持ちかけてくるのだ。現にそのとおりのことが起こった。

少しずつ。

最初は微笑だ。優しくほほえんで自分の非を認める。「ごめんよ、ターニャ。ニッキーがぼくにとってただの部下にすぎないように、グラハムもきみにとってはただのもと上司にすぎないのにね」そこでなだめるように両手を広げる。「だけどターニャ、きみが働く必要はないんだよ。それに子どもを作るのはまだ先にしたいなんて、ぼくのわがままだったんじゃないかと思うようになったんだ。もしほんとうに赤ん坊がほしいなら、すぐにでも作ろうじゃないか」

ターニャは胸がどきりとした。レイフが譲歩してくれている。子どもを作ろうと言ってくれている。

これは賄賂（わいろ）だわ、と理性が叫ぶ。わたしに新しいおもちゃを与え、自分の邪魔をさせまいとしているのよ。家を買い、室内装飾をわたしにまかせ、服をあれこれ買い揃（そろ）えさせたときと同じように。

でも、子どもはほしいわ、と感情はせつなげに訴える。

ニッキーにレイフを奪われたままでいいの？ 理性がそう反駁（はんばく）する。これは彼にとって、交渉を有利に進めるための切り札なのよ。これは取り引きなの。

確かに彼にとっては大きな譲歩でもあるのだろう。

子どもを作ることにあれほど反対していたんだから。いつだって〝まだ早いよ〟と。それをここまで譲歩するということは、それだけいまの生活が大事だってことだわ。それに子どもができてわたしが忙しくなったら、ニッキーがますますレイフを独占するようになる。

口に出して言うのはひどくつらかった。だが、ターニャは決死の覚悟で言った。「もうあなたの子どもはほしくないわ、レイフ。あなたがニッキー・サンドストラムを辞めさせないかぎりはね」

穏やかだったレイフの表情が突然険悪になった。

「きみの言っていることはむちゃくちゃだ」

ターニャは心の痛みをこらえて彼をにらみ返した。

「彼女をとるかわたしをとるか、二つにひとつよ、レイフ」

「ばかを言うんじゃない！　ニッキーは解雇されるようなことは何もして――」

「わたしはばかじゃないわ！　あなたは彼女に毒されてわたしをばかだと思っているんでしょうけどね。ニッキーはいつもわたしを見くだして、慇懃無礼な態度をとってばかり……」

「きみのひがみだ！」

「ひがみなものですか！　あなたは彼女のこととなると目がくらんでしまうんだわ！　わたしは一生彼女に見くだされて過ごすなんてごめんですからね。だから自分が誰を求めているのかよく考えたほうがいいわよ、レイフ。わたしと彼女の両方を自分のものにしておくことはできないのよ！」

レイフの目にプライドがきらめいた。「ぼくは仕事にかかわる決断をきみに押しつけられるつもりはない！　いつだって自分自身で決断してきたんだ」

「ええ、好きなときに好きなように決断すればいいわ！」ターニャもきつい目をして言い返す。

導火線に火がつき、じりじりと最後の破滅的な爆発に向かっていこうとしていた。そのときビア・ウエイクフィールドが居間に入ってきたのはタイミングをはかったうえでのことなのか、それとも単なる偶然か、ターニャにもレイフにも考える余裕はなかった。お互い一歩も引かずにつばぜりあいを演じている二人にとって、お茶の用意をして登場したビアは気を散らす邪魔者にすぎない。

ビアはにらみあう二人を見て、さとすように言った。「座ってお茶でも飲みながらゆっくり話しあったらどう?」

レイフは深々と息を吸いこみ、ビアに鋭いまなざしを向けた。「いまはお茶なんか飲んでる場合ではないんです」

「そのとおりよ、おばあちゃん」ターニャも言った。「わたしたち、仲よくお茶なんか飲む気分ではないのよ。レイフにほかの女性がいるかぎり、なんであろうがいっしょにする気にはなれないわ」

「彼女のことは誤解だ!」レイフがどなった。

ターニャは憤然としてドアに向かったが、ドアの前まで行くと冷たい目でレイフをふり返り、鞭をふりおろすように言い捨てた。「彼女をとるか、わたしをとるか！　気持が決まったら教えてちょうだい」

そうしてとび色の髪をふり立て、廊下に出て自分の寝室に入ると、力まかせにドアをしめた。この家ではさすがのレイフもドアを蹴破って入ってくることはできないだろう。いい気味だ!

居間ではビアが痛ましげにレイフを見つめて言った。「わたしたちだけになったのだからお茶を召しあがりなさいな、レイフ」

「結構!」レイフはぴしゃりと言ってから、なんとか気をとり直した。「せっかくだが結構です」そして檻の中の虎のように落ち着きなく室内を歩きまわりはじめる。

ビアはトレイをテレビの前のテーブルに置き、自分の分だけお茶をつぐと肘かけ椅子に座った。

「あなたの孫娘は、まったくもって理不尽だ！」レイフがビアに向かって叫んだ。

「かもしれないわね」ビアは曖昧に言った。「せめて座ってくださらない？ そうしてニッキー・サンドストラムのこと、わたしに話してごらんなさいよ」

「話すことなんか何もありません！」

「これはわたしの考えなんだけどね」ビアは物思わしげに言った。「世の中には単なる肉体的な浮気よりも、もっとたちの悪い不貞行為というものがあるのよ」

「しかし、ばかげてますよ！ 妄想もあそこまでいくとノイローゼと変わらない！」

ビアはため息をついた。「レイフ、わたしは単純な人生観を持った単純な女だわ。いくつかの簡単なルールを守りさえすれば、人生は何事もうまくいくものよ。そして結婚生活をうまくいかせるための第一のルールとは、伴侶を決して裏切らないことにつきるのよ」

「そのとおり！ それをターニャに言ってやってください！ 彼女が話を拝聴する気分のときにね！ あいにく、ぼくもいまは拝聴する気分ではないんだ。だからもう失礼しますよ」そう言うとレイフは立ちどまり、礼儀正しく頭をさげた。「ご厚意には感謝します、ビア。見送りは結構ですから、どうぞそのまま。ぼくもどこかのドアをばんとやりたい気分なんです」

レイフが居間を出ていった数秒後、玄関のドアが乱暴にばんとしめられた。

ビアは深い吐息をついた。ドアのちょうつがいが無事ならいいんだけど。若い人たちが考えかたも若いのはしかたないわね。でも、ちょっとした助言をしておけば、いざというとき役に立つかもしれない。もっとも結婚生活に他人の干渉は無用だ。これも大事なルールのひとつだわ。いくつかの簡単なルールに従ってさえいれば、みんなもっと幸せに生きられるでしょうに。

ビアは椅子から立ってテレビをつけ、また腰をおろした。ターニャもいずれ部屋から出てきて食事をとるでしょう。そうそう、あと十分したら桃の煮え具合を見なくては。こういうときの食事は食べやすいものにかぎるわ。これもやっぱりいいルールだ。あまり重いものだと、興奮しているターニャの胃にうまくおさまらないかもしれないから。

# 8

ターニャも完全に理性を失ったわけではなかった。レイフに決断する時間をあげようと、何日かはひたすら彼からの連絡を待った。週末が過ぎ、月曜と火曜が過ぎた。この二日間、レイフは仕事でニッキーと顔をあわせているはずだ。それなのに相変わらず連絡はなく、ターニャの憤りはじわじわとふくらんでいた。もっとも、どのみちたいして期待はしていなかったのだ。レイフは何があろうとニッキーを手放しはしないだろう。

やっぱり彼が子どもを作ろうと言った真意は、わたしが思ったとおりだったのだ。レイフは本心から子どもがほしいわけではない。子どもはわたしを懐柔し、ほしいものを二つとも手もとに置いておくための手段にすぎないのだ。

おばあちゃんは草むしりとか床磨きといった細々とした雑用を見つけてはわたしにやらせ、わたしもせっせと体を動かしてきた。でも、妻よりも別の女のほうがたいせつだと思っているような男を待ちわびるのはもうたくさんだ。そう結論をくだし、ターニャは水曜の朝、ハリー・グラハムに電話をかけて、ほんとうに職場復帰させてもらえるのかどうか尋ねた。

「もちろんだよ」ハリーはそう言ったあと、一瞬黙りこんでから心配そうにつけ加えた。「きみがほんとうに働きたいのならね」

「仕事が必要なのよ、ハリー」ターニャの声にはかすかな絶望の響きがひそんでいる。

「おやおや」

ターニャは目をとじ、深々とため息をついた。

「わたし、レイフの家を出たの」

「ああ……」ハリーはそれで合点がいったという声を出した。それからそっといたわるように言いそえる。「そいつは残念だったね、ターニャ」

「結局、何も変わりはしないのよ」ターニャは確信をこめて言った。「とにかく仕事がしたいの」

「いいとも！ よかったらいますぐおいで。いや、明日からのほうがきみには都合がいいかな？ こっちはいつでもいいよ」

ハリーの優しさにターニャは胸がいっぱいになった。今日彼のオフィスに行ったら、顔を見るなり泣きくずれてしまうかもしれない。それではあまりにも恥ずかしい。キャリアウーマンを志すなら、冷静で理知的で有能でなくては……ニッキー・サンドストラムのように。

「よかったら明日から出社したいんだけど」ターニャはかすれた声でなんとか言った。

「よし、それじゃ明日の朝会えるのを楽しみにしているよ」

「ありがとう、ハリー」

ハリーの吐息が電話線を伝わってきた。それから彼はしいて明るさを装った声で言った。「元気を出せよ、ターニャ。人生これで終わりってわけじゃないんだ。挫折したってくじけちゃいけない。当分は何も話したくないだろうから、ぼくもききはしないよ。ほかのことなんか考える暇もなくなるくらいどっさり仕事をさせてやろう。奴隷みたいにこき使ってあげるから。いいね?」

ターニャは微笑をうかべた。「いいわ」

「それと、明日は明るい色の服を着てくるんだよ。職場に華やぎが出るからね」

わたしの心を引き立てようとしてくれているのだ、とターニャは思った。「あなたって本物のナイトだわ、ハリー。それじゃ明日、できるだけ華やいだ格好をして、うんとこき使われる覚悟で行きます」

ハリー・グラハムは約束を守ってくれた。

ターニャは長いブランクのあとで仕事に戻ることにかなりの不安を感じていたが、テレビ局の職員が何人か彼女の顔を覚えていて挨拶してくれたときにはほっとした。ハリーのオフィスに入って、あたたかな笑顔で迎えられたときにはさらにほっとした。ハリーはターニャが着てきた渋めのゴールドの服を、よく似あうとほめてくれた。

昔の同僚も気持よく受けいれてくれた。ひとりだけ知らない顔があるのはターニャのかわりとして入った人間で、つまりいまのターニャは余分な人手ということになるが、そんなことは誰も口にしない。ハリーもさっそく彼女の膝に書類を山ほどのせ、来週の火曜の午後までに資料を集めてほしいと言った。

ターニャはその仕事に真剣に打ちこんだ。番組に使えそうなポイントを把握することにかけての勘はまだ鈍っていなかった。調査を進めていくうちに自信がよみがえり、レイフをベッドで喜ばせる以外にも自分にはとりえがあったのだと思えるようになった。スタッフもみな彼女の意見に耳を傾けてくれた。

ありがたいことに、ハリーは彼女の結婚生活の実情を誰にも言わずにいてくれているようだった。レイフのことをきかれると、ターニャは真実のごく一部を答えにしてはぐらかした。もう一度働く女性に戻りたかったのだという彼女の言葉はすんなり受けとめられたようだった。ただ古株のスタッフの中には、いいお母さんになるかと思ったのに、と意外そうな顔をする人もいた。そういう人たちの無言の問いかけには返事の準備ができていた。〝まだ早いわ〟と言えばいいのだ。

仕事のおかげでレイフのことは頭の隅に追いやられたが、残念ながらひとりの夜はそう楽ではなかった。土曜になって二日間もの長い休日を前にすると、週末なんてなければいいのにと思った。

だが、祖母が家じゅうの照明器具を掃除する仕事をあてがってくれたので、ターニャは庭からはしごをとってきてさっそく器具のとりはずしにかかった。埃(ほこり)やすすをきれいに洗い流し、すべての照明器具をまたもとどおりにつけたときには昼近くになっていた。はしごを物置に戻し、次は祖母の昼食に何かおいしいものでも作ろうかと思いながらキッチンに入っていったが、ターニャ自身は食事なんてどうでもいい気分だった。

「終わったのなら食堂のテーブルの上を見てちょうだい」祖母が廊下から声をかけてきた。

「わかったわ」ターニャはきっとまた気のまぎれる仕事ができたのだと半分期待しながら返事をした。

だが、テーブルの上にあったのはセロファンに包まれたばらの花束だった。蕾(つぼみ)がちょうど開きかかった、深紅の美しいばら。ターニャは胸の高鳴りを抑え、ピンで包みにとめられた小さな封筒を手にとった。まさかそんなはずはない。そう自分に言いきかせながら、震える手で中のカードをとりだす。

メッセージは何もなく、ただひと言書かれているだけだった。

〈レイフ〉

ターニャは震えながら椅子を引きだして腰かけた。

赤いばらは愛……確かそういう意味ではなかったかしら？　わたしはレイフのことを悪く決めつけすぎていたの？　彼もついにわかってくれたの？

レイフはニッキー・サンドストラムに辞職を求める前に、彼女とともに片づけなければならない仕事があったのかもしれない。でも、そうだとしたらなぜそれをひと言言ってきてくれないのかしら？　それともこのばらは、今日これから自分の気持を伝えに来てくれるということ？

もしかしたらいまにも来るのかもしれない！　それなのにわたしったら、こんな汚い格好をしている！

慌てて立ちあがった拍子に、ターニャは椅子を引っくり返しそうになった。まずはばらをいける花瓶を探さなくちゃ。レイフにせっかくのばらを放りだしてあるなんて思われたくない。ターニャは即座に一番いい花瓶を選びだし、ばらをいけると居間のテーブルの上に飾った。それから大急ぎで浴室に駆けこんだ。

シャワーを浴び、髪を洗い、焦りながらドライヤーでブローする。髪がもっと短ければいいのに、と生まれて初めて思ったが、レイフはわたしのこういう髪が好きなのだし、いまは彼を喜ばせることが何よりも大事だ。わたしのためにニッキー・サンドストラムを辞めさせてくれたのなら、わたしのほうも彼のためになんだってしてあげたい。

結局、満足のいくスタイルに仕上げるのに一時間かかった。白のジーンズをはき――このジーンズをはいたわたしはセクシーだとレイフがよく言っていた――グリーンの絹のブラウスを着て、裾をウエストで結んだ。グリーンはレイフのお気にいりの色だし、このブラウスはボタンがはずれやすい。きっと彼は……そこまで考えるとターニャの血がたぎりだした。彼のぬくもりがとても恋しい。

期待に顔を輝かせ、ターニャは昼食をとりにキッチンに戻った。サラダ用の野菜を切っている祖母に「わたしがするわ」と声をかける。

「もう終わるところよ。あなたはお皿を並べてちょうだい」祖母はしたりげに目をきらめかせた。「そのスタイル、とてもすてきよ、ターニャ」

「あのばら、レイフからだったの」ターニャは久しぶりに心をはずませていた。

「そんなことだろうと思った」と祖母は言った。

だが、レイフは来なかった。電話もなかった。午後の時間がじりじりと過ぎ去り、長い夜がターニャの希望を粉々にすりつぶした。ターニャは鉛のように重い心をかかえてベッドにもぐりこんだ。

あくる日曜にもまたレイフからばらが届けられた。だが、メッセージはないし本人も来ない。その晩寝室の闇の中でターニャは考えた。レイフがあの大事な秘書を解雇するなんて一瞬でも考えたわたしが、どうしようもないばかだったんだわ。あのばらの意味がいまははっきりとわかる。レイフはわたしがほしいのだ……もっぱら自分ひとりの都合で。

わたしを甘い手管で家に呼び戻せると思っているなら大間違いだわ。世界じゅうのばらを贈ってよこしても、わたしはレイフの人生に居座っている女を見過ごしはしない。たとえ赤ちゃんを産ませてくれようとも。だがそう心に誓いつつも、ターニャは泣きながら眠りについた。

月曜の朝が来て、自分の個人的な悩みと無関係な仕事に没頭できるのは大きな慰めだった。ハリーのすすめに従って職場復帰したのは確かに正しい決断だった。仕事はいまの彼女にとって命綱にも等しかった。

夕方帰宅してみると、家じゅうにばらの香りが漂っていた。また一ダース、ばらが花瓶にいけられてターニャの寝室に飾られている。もうこれで三日連続だ。怒りが赤いもやとなってターニャの心に渦巻いた。やにわに寝室の花瓶をつかみ、祖母が夕食の支度をしているキッチンに持っていく。

「それ、今朝届いたのよ」と祖母は言った。

「だと思ったわ」ターニャは花瓶からばらをとり、ごみバケツに押しこんだ。

それから居間と食堂の花瓶もとってきて、中身を同じように捨てた。そうしてごみバケツの蓋をしめ、においも届かないように裏口から外の物置のそばに出した。

「ごみバケツはここに置いといてほしいのよ」戻ってきたターニャに祖母が優しく言った。

「ごみならわたしが捨てに行くわ」

「きれいなばらだったのに」

「ここに花を送るなんて、ニューキャッスルに石炭を送るようなものだわ。花なんて間にあってるわよ」

「あれは彼の意思表示でしょう。別にあなたに花が必要だと思ったわけではないんでしょうよ」

「そのとおりだわ、おばあちゃん。彼がそんなことを思うわけがないわよ。わたしに何が必要かなんて、彼にはどうでもいいんだもの」

祖母はオーブンの中のキャセロールをのぞきこみながら、妙に気になる口調で言った。「あなたはレイフに何が必要なのか、気づかってあげてるの?」

「おばあちゃん、わたしはいつだってレイフの望むとおりにしてきたのよ！」ターニャは強い調子で言ってから声のトーンを落とした。「いままではね」

「望むものと必要なものが違う場合だってあるわ」祖母は考えこむようにそう言ったきり、あとは無言で料理を続けた。

ターニャは頭の中で祖母の言葉を反芻した。おばあちゃんは確かにいいところを突いてるわ。レイフはわたしを求めている。わたしとの暮らしを望んでいる。だけど、彼に必要なのは信頼のおけるパートナー、つまりニッキー・サンドストラムなのだ。少なくとも彼自身はニッキーが必要なのだと思っている。だから妻がどれほど傷つこうがかまわない、そんなことはどうでもいいというわけだ！

それでも仕事があるというのはありがたいことだわ。ターニャはそう胸につぶやきながら翌朝玄関を出た。だが、通りにとめられた赤いアストン・マーティンにレイフがよりかかって立っているのを見ると、ポーチの階段をおりようとした足がぴたりととまった。

頭の中が空白になり、一瞬凍りついた心臓が不規則なリズムで打ちだした。ターニャはいまにも消えてしまいかねない蜃気楼を見るように、じっとレイフを見つめた。レイフという男は、一見のんびりとくつろいで見えるときが一番危険なのだ。だがターニャは闘志を燃やし、昂然と顔をあげて階段をおりはじめた。

ひたとこちらを見つめてくる目に全身を熱くほてらせながら、心の内でひそかにつぶやく。さあレイフ、自分が失おうとしているものをその目でよく見てみることね。ターニャはわざと腰をくねらせ、バストを軽くゆするようにして階段をおりていった。

レイフがこちらに近づいてきてターニャのために門をあけた。彼が朝早くから何をしに来たのかわからなかったが、ターニャはせせら笑うように彼を見て、門をしめながら言った。「ありがとう、レイフ。悪いけどおしゃべりしている暇はないの。仕事に遅れてしまうから」

「ぼくの車で送っていくよ」ターニャがまた仕事を始めたという話は初耳のはずなのに、レイフは少しも驚いたそぶりを見せない。

ターニャは自分自身の驚きを急いで抑えこんだ。

「バスで行くから結構よ。あなたにお手間をとらせたくないわ」

「ここに来るだけでも手間だったんだよ、ターニャ」レイフは彼女の挑むような冷たい視線をものともせずに見つめ返してくる。

「ニッキー・サンドストラムを辞めさせるという手間もかけていただけたのかしら？」

レイフは口を真一文字に結んだ。「どんなことであろうが、ぼくは他人に強要されるのはごめんだ。たとえ相手がきみでもね」

つまり答えはノーということだ。「それはわたしも同じよ、レイフ」ターニャはそう言い返して二ブロック先のバス停に向かった。

「ターニャ！」

いらだたしげな呼びかけも無視し、どんどん歩いていく。あのばらをとっておいて彼に投げつけてやればよかった。レイフはわたしがハリーの下で働きはじめたのをどこからか聞いて、とめに来たんだわ。彼の秩序正しい世界が崩壊しそうになっているから。いい気味だ。ニッキー・サンドストラムがそんなに大事なら、あんなばらは彼女にあげればいい。

アストン・マーティンの力強いエンジン音が聞こえてきたので、ターニャは矢のような視線を投げかけた。さっさと帰りなさい！　わたしはちっともかまわないわよ。わたしだってあなたと同じ、ひとりの人間なんだから！

だが、赤いスポーツカーはターニャと並んでのろのろと車道を進みだし、しつこくクラクションを鳴らしはじめた。ターニャは見向きもせずに毅然とした態度で歩き続けた。アストン・マーティンもその横にぴったりついて、クラクションを鳴らし続ける。行きかう人々はみなふり返り、この騒ぎに好奇のまなざしを向けた。それでもレイフはおかまいなしにクラクションを鳴らしながら、ターニャと並んで車を進めている。

こんなふうに自らさらしものになるとは、まるでレイフらしくないふるまいだ。ターニャはとうとう立ちどまり、車に向き直った。すると車もとまり、クラクションもやんだ。助手席の窓がするするとおりる。ターニャは近づいていって難詰した。「いったいどういうつもり?」

「きみと話がしたいんだ」

「話すことなんか何もないわ」

「ぼくのほうにはある」

ターニャはあてつけがましく腕時計を見た。「九時には局に着いていなくちゃならないのよ」

「ちゃんと送るよ」とレイフは答える。

ターニャはそれでもまだためらった。でも、レイフの話がなんなのか知りたい。それにわたしはもう、自立の一歩を踏みだしている。結局ドアをあけ、中に乗りこんだ。レイフは彼女がシートベルトをしめるのを待って、再び車を発進させた。

彼はすぐには口を開かず、ひたすら運転に集中していた。沈黙が息苦しくなってターニャは言った。

「わたしがまた働きはじめたこと、どうして知ってたの?」

「昨日ふっと思ったんだ。きみはこの間言っていたことを実行してるかもしれないってね」レイフはターニャの顔を見ずにゆっくりと言った。「それでグラハムに電話して確かめた」

「ハリーに電話を? ほんとうに?」ターニャは驚

いた。レイフがそんなことをしたとは信じられない。自分の妻が何をしているのかをほかの男にきくなんて、プライドが許さないだろうに。

「ああ、ほんとうだ」レイフはそっけなく答える。いまになって軽率で衝動的な行為だったと後悔の念が突きあげてきたのだろう。

「なぜわたしに直接電話しなかったの？」ターニャは憤慨したように言った。

レイフはちらりとターニャを見た。「きみはぼくの電話には出ようとしないし、自分から電話をかけてもくれなかった」

それはそうだ。

「わたしはばらの花束なんかでごまかされないわ」ターニャは侮蔑(ぶべつ)を声ににじませて言った。

「別にごまかそうとしたわけじゃない」レイフは深く息を吸いこんだ。「ただ……考え直してほしいって言いたかったんだ」

そんなせりふを口にするのはレイフにとって大きな苦痛に違いない。こわばった顔がそれを物語っている。ターニャは不意に、先刻の自分の態度を恥ずかしく感じた。レイフはわざわざわたしに会いに来たのだ。この状況ではどんなに不本意だったか知れない。それに彼はわたしがハリー・グラハムの下で働くことにも、ひと言も文句を言っていない。

「あなたは考え直してくれたのね、レイフ？」ターニャは静かに尋ねた。

ハンドルを握るレイフの手にぎゅっと力がこめられたかと思うと、また力が抜けた。「ニッキーのことなら……ぼくの考えは変わっていないよ」前方に目をすえたまま言う。「彼女を辞めさせるなんて、やはり間違っていると思う」

ターニャの心臓を深い悲しみがわしづかみにした。彼女は何も言わなかった。何も言うことはない。レイフにとってニッキー・サンドストラムはそれほどまでに大事な存在なのだ。ターニャは顔をそむけ、窓の外をうつろな目で見つめた。

長い沈黙が訪れた。言葉にならない思いが胸にせめぎあい、過去の記憶があふれては引いていった。幸せな記憶とつらい記憶とが……。

とうとうレイフが沈黙を破った。「ひょっとしてきみは……」そこで言葉を切り、咳払いをする。「今度の日曜日に、おふくろの誕生日を祝って家族全員が集まる予定になってること……忘れてるんじゃないかな？」

ソフィアの誕生日。この一週間のごたごたで、ターニャはすっかり忘れていた。ソフィアにとっては家族全員が集まってお祝いをしてくれるたいせつな一日だ。去年のパーティーでも楽しいひとときが過ごせた。

ソフィアのことは好きだ。レイフもあの母親のように感情をもっとあけっぴろげに、もっと豊かに示してくれたらいいのに……。ソフィアだけでなく、レイフの家族はみんな好きだし、せっかくの機会だから会いたいとは思う。だけど……。「お義母さまには手紙をつけてプレゼントを送るわ。思いださせてくださってありがとう」無念の思いを隠して言う。

レイフはちょっと黙りこんでからぶっきらぼうに言った。「ぼくといっしょに行ってほしいんだよ、ターニャ」

ターニャの心に新たな怒りがこみあげてきた。「もうひとりの女性を連れていけばいいでしょ？」

「ニッキーはぼくの妻じゃない」レイフは吐き捨てるように言った。「ぼくはきみを連れていきたいんだ。きみにいっしょに行ってほしいんだよ」

「家族の手前ね」とターニャは皮肉る。

レイフは長々と吐息をついた。「そうとりたいのなら……それでもいい。ぼくひとりで行ったら……妻に家出されたんだと家族に知られたら……ぼくはまるで……人生の敗残者みたいに見られてしまう」

その低く歯ぎれの悪いつぶやきが、彼の煩悶をいやおうなく伝えていた。ターニャはまたもや自分の皮肉な発言を悔やんだ。事情を考えればあのくらいの皮肉は無理もないのだが、それでもレイフを傷つけたくなかった。彼を愛しているから。

家族に成功のシンボルとして尊敬され、頼られることが、レイフにとって大きな意味を持っているのは明らかだった。彼は自分の感情はもちろん、自分の人生におけるいかなる挫折も家族に知られたくないらしい。

なぜかゆうべの祖母の言葉が耳によみがえってきた。〝あなたはレイフに何が必要なのか、気づかってあげてるの？〟

レイフにとってわたしを連れていくことは、単なるプライドの問題ではなく必要不可欠な重大事なのかもしれない。第一、彼はわたしにいっしょに行ってくれと頼んだ時点で、プライドなど捨てているのだ。

だったらあと一度ぐらい、彼のために妻の役を演じてあげてもいいかもしれない。

「わかったわ、レイフ」ターニャは静かに言った。「いっしょにお義母さまの誕生パーティーに行きます」

レイフはほっとしたようにため息をついた。「ありがとう、ターニャ」

「何時ごろ出るの？」ターニャは彼に勝ったと思わせまいとして、事務的に尋ねた。

「十時ごろではどうかな？」とレイフは答えた。

いちおうは謙虚なその言いかたに満足し、ターニャはうなずいた。「いいわ」

それから二人はもう何も言わず、やがてレイフはテレビ局の前で車をとめた。ターニャはゆがんだ笑顔で言った。「送ってくださってありがとう」

レイフは彼女の心をとりこにしてしまう、あのまばゆいばかりの微笑を見せて答えた。「どういたしまして」

ターニャは意志の力を総動員してやっと車から降り、局の玄関に向かった。中に入るまで、レイフの視線を背中に痛いほど感じていた。

彼の頼みをきいてしまったのは間違いだったたんじゃないかしら？　わたしって彼の笑顔にはほんとうに弱い。でも、それではいけないんだわ、彼がニッキー・サンドストラムと縁を切ってくれないかぎりは。日曜のことは例によってわたしを利用しようとしているだけ。それを肝に銘じておくのよ。

でも、レイフがわたしの再就職に文句をつけなかったのは妙だ。日曜のことを頼むのが先決で、いまはわたしの反発を買ってはまずいと思ったのかしら？　それとも、ついにわたしの気持に歩みよってくれたということ？　なんといっても、そろそろ赤ちゃんを作ってもいいとまで言いだしたくらいだもの。

その疑問はターニャを一日じゅう悩ませた。午後、ハリーに頼まれていた調査の結果報告をしたあと、ターニャはレイフからの電話についてきかずにはいられなかった。

「彼が率直にきいてきたから、こっちも率直に答えたんだ」とハリーは言った。

ターニャは怪訝（けげん）そうな顔になる。「あなたなら、わたしをかばってくださるかと思っていたのに」

「ぼくがしゃべったせいで何か実害があった？」

「実害はないけど」

ハリーは椅子にそっくり返って両足をデスクの上にのせ、両手を頭の後ろで組んで深いため息をついた。「ぼくの経験からひとつ言わせてもらおう。離婚はおすすめできないね。離婚が楽しかったなんていう人間は、ぼくが知るかぎりひとりもいない。ぼく自身、離婚の苦しみを身にしみて知っている。最初はコミュニケーションの断絶から始まるんだ。お互い、言うべきことを言わなくなる。それがエスカレートすると、やがてはなんでもないことまで言えなくなる。会話がいっさいなくなってしまうと、ささいなことにもいちいち腹が立つようになる。そういうささいなことが積もって山になってしまうんだ。しかもこの山はどんどん高くなって、ついにはどうがんばっても乗り越えられなくなってしまう」

そこでハリーは残念そうにちょっとほほえんだ。

「きみとレイフの関係がどうなっているのかぼくは知らない。きっと知らないほうがいいんだろう。ただ、かつてあれほど愛しあっていた二人が別居したなんて残念だよ。山を作ったのはきみかもしれないし、レイフかもしれない。どちらにしても、レイフには何がどうなっているのかわからせてやらなくちゃいけないよ。知っているほうが知らないよりいいんだ。話すほうが話さないよりいい。せめて話しあって、お互いの考えを確かめなくてはね」

ほんとうにそのとおりだ、とターニャは思った。今朝彼の車に乗ったのは正解だった。何がどうなっているのかわからないというのは確かにいやなものだ。妄想だけがふくれあがってしまう。不意にターニャは、自分が帰らなかった晩にレイフがどれほど苦しんだかを悟った。もっとも、あれはわたしを追い払ってニッキーと二人になりたがったレイフがいけないのだ。

「山というのは非常に孤独なところだよ、ターニャ」ハリーがそっと言った。「最初は見晴らしのいい、すばらしいところだと思うだろうが、現実は違うんだ。山では人はひとりぼっちなんだ」

ターニャは眉をひそめた。「レイフは考えを改めようとしてるのかしら？」

ハリーは肩をすくめる。「たぶん以前よりはいろいろ考えるようになっているだろう。妻に去られたら、男は動揺するものだ」

「もとはといえば彼が悪いのよ」

ハリーは吐息をもらし、冷笑するように唇をゆがめた。「そう、いつだってそうなんだよ、ターニャ。いつだってみんな相手が悪いんだ」

彼の言わんとしていることはターニャにもわかった。結局わたしはわたし自身の問題を解決しなくてはならないのだ。相手を非難するばかりでは何も解決しないだろう。

やっぱり日曜につきあうことにしてよかった。少なくとも二人で過ごす時間ができる。お互いをもっと理解しようと努力することは無駄ではないだろう。

山はとても寒いところだ、とターニャは思った。

特に夜は。

# 9

日曜の朝、ターニャはかたく心を決めていた。今日はレイフと争うまい。ソフィアの家への行き帰りには冷静で穏やかな会話を心がけよう。今日こそは体だけの触れあいではなく、心で触れあえるかもしれない。むろん彼の家族の前では夫に首ったけの妻を演じよう――これは実はさほど難しいことではないけれど。そうすればレイフもわたしの話に耳を傾ける気になってくれるかもしれない。

離婚はわたしの望むところではない。

でも、このままでは彼との結婚生活を維持するのは不可能だ。

ソフィアの誕生パーティーにはみんなおめかしし

て集まることになっているので、ターニャはブルーグリーンの絹のスーツを着た。目がとびでるほど高かったスーツだけれど、レイフがぜひ買えと言ったのだ。ウエストをしぼりこんだデザインで、スカートのラインもほっそりしているが、それがかえってターニャの女らしい体の線を際立たせ、強調してくれる。だからレイフはこの服が気にいっているのかしら？　彼はわたしほどセクシーなヒップを持った女性は見たことがないと常々言っている。それを今日はしかと思いださせてやらなくちゃ。

ターニャは黒のハイヒールをはき、プワゾンを脈の打っている箇所にたっぷりとつけた。レイフとの結婚生活の基盤にあるのが肉体の魅力だけというのは不本意だけれど、寝室での二人がどんなに幸せかをレイフにあえて忘れさせる必要もない。もしかしたら、彼がわたしとの関係のほかの面も見直すきっかけになるかもしれないのだから。

こうしてレイフが十時きっかりにビア・ウェイクフィールドの家に到着したときには、ターニャは今日という日を最大限にいかす準備をすっかり整えていた。

出だしはなかなか好調だった。

チャコールグレーのスーツに身をかためたレイフは、ターニャをひと目見た瞬間、パーティーの約束などすっぽかしてその場で愛をかわしたいとまで思ったようだった。努力のかいあって、ターニャを見つめる目は熱っぽかった。それでもレイフは厳しく自分を制し、ターニャを抱きしめようともしなければキスもしなかった。「とてもきれいだ」それだけ言うと、腕を差しだして車へとエスコートした。

「プレゼントは買わなくてよかったのに」歩きながらターニャが手にしている包みを見てレイフが言った。「ぼくのほうで用意してあるんだ」

ターニャはたしなめるように言った。「わたしはお義母さまが好きなのよ、レイフ。何かプレゼントを買いたかったの」

　レイフはほほえんだ。

　その笑顔にターニャの心臓は引っくり返った。レイフがアストン・マーティンの助手席のドアをあけたので、ターニャは優雅に乗りこんだ。彼がドアをしめて運転席にまわるのを、狂おしいほどの愛で胸をはちきれんばかりにしながら、うっとりと見つめる。

　そのときふと車内のにおいが嗅覚を刺激した。そして次の瞬間、このにおいは何を意味しているのかと、脳に疑問が投げかけられた。その解答が爆弾のごとく頭の中で炸裂し、ターニャの決意を回復不能なまでに吹きとばしたとき、レイフが隣に乗りこんできた。

　ターニャは目に嫉妬と怒りの炎を燃えあがらせ、レイフに向き直った。「この車、ニッキー・サンドストラムの香水のにおいがぷんぷんしてるわ」

　レイフは顔をしかめた。「ごめん。なんとか消そうとしたんだが……」

「彼女のところからわたしのところに来るなんて、よくもそんなことができたわね！」ターニャは金切り声で叫んだ。「しかもそのあと、わたしにあなたの家族の前でお芝居をさせようだなんて！」そう言うと乱暴にドアのとってをつかむ。

「ターニャ、これにはわけがあるんだ」レイフは焦ったように言った。

「わたし、降りるわ！」だがドアはあかない。「ドアのロックを解除して！　あなたとはもうどこにも行かないわ！」

「そうじゃないんだ、誤解しないでくれ！」

　ターニャは刺すような目で彼をふり返る。「わたしをばかだと思ってるの？　香水のにおいって、そういつまでも残るものじゃないわ。彼女は今朝この車の中にいたのよ！」

「違う！」レイフがどなった。「彼女が香水を瓶からこぼしてしまっただけなんだ。においはもう洗い流したつもりだったんだが……」

「洗い流したっていつのこと、レイフ？　ゆうべじゃないの？」

「そんなことは関係ない！」レイフはぴしゃりと言い返したが、その頬にはかすかに赤みがさしている。

「ゆうべ……なのね？」

レイフはいらだったように両手でばんとハンドルをたたいた。「ああ、そうだ、ゆうべだよ！　ゆうべ彼女と食事に行ったんだ」

「仕事がらみで？」ターニャは容赦なく問いつめる。

「そうだ。いや、違う」レイフはジレンマに悩まされて頭をふった。

「その答えがあなたと彼女との関係を端的に表しているのね。仕事がらみでもあり、プライベートでもあり」

「違うんだ、ターニャ、そんなんじゃないんだ！」

「言い逃れはやめて！」

「言い逃れじゃないのはきみもわかってるはずだ。ことあるごとに彼女のことを持ちだされるのはもうたくさんだよ！」

「わたしもあなたたちにないがしろにされるのは、もうたくさんだわ！　ベッドの相手をさせたり世間に見せびらかしたりする分にはわたしでもいいけれど、ほかの点ではすべて彼女のほうがまさっているというわけだわ。そうなんでしょ、レイフ？　だからあなたは彼女を――」

「ぼくたちの問題の原因は彼女じゃないんだ！」レイフはそうどなってから、なんとか平静をとり戻した。ブルーの目に非難の色をうかべてじっとターニャを見すえる。「たとえ彼女を辞めさせたとしても、ぼくたちの関係は何も変わりはしないんだ」

ターニャの心に黒い絶望の雲が広がった。「ああ、レイフ！　あなた、自分の言ったことがわかってないんだわ」人形のような妻。彼が求めているのはそれだけなのだ。

レイフの顔をうんざりしたような表情がよぎった。「知りたいなら教えてやるが、ゆうべニッキーとぼくの間には何もなかった」知恵遅れの子どもに言いきかせるような、過度に辛抱強い口調だ。「実をいうと……ぼくは彼女にきみのことを相談したんだよ。何かアドバイスしてほしくてね」

黒い絶望の雲を突き破って赤い怒りの炎が燃えあがる。「あら、すてきだこと！」ターニャはできるだけ辛辣に言い放った。「きっと彼女はばかな女を女房に持ったあなたに、深い理解を示してくれたんでしょうよ。親身になって話を聞き、心から同情をよせ——」

「実際そのとおりだったよ！」レイフが怒りをこめてさえぎった。「ぼくの……ぼくたちのためなら、どんなことをしてでも力になりたいと言ってくれた。辞表を出すとまで言ってくれたんだ！」

「もちろんあなたはそれを断ったのよね！」

レイフはゆっくりと深呼吸した。「その件は保留ということにしてある」

「わたしにまた人形の役割を押しつけ、なおかつ彼女をそばに置いておくことができるかどうか、しばらく様子を見ようってわけ？」

「ターニャ……」レイフは歯ぎしりするように言った。「きみの嫉妬が原因で、ニッキーは十年勤めた会社を辞めるとまで言ってくれているんだ。きみがぼくのもとに帰ってくるようにね。それなのにきみはまったく自分本位で、人のことなど全然考えようとしない」

「わたしがこの車に乗っているのはどういうわけ？　そんなに自分本位だったら、あなたが家族に人生の敗残者と見られたって気にかけないはずでしょ？　わたしがこれだけあなたを喜ばせようとしているのに、あなたはニッキー・サンドストラムにわたしたちのプライバシーを洗いざらいしゃべってしまうんだわ。あなたって人は、彼女には何も隠せないのよ。わたしのことをどう思っているかだって、わたしよりも彼女のほうがよくご存じなんでしょうよ。彼女には話しても、わたしには何も話してくれないんだから！」

レイフの顔に陰がさし、ターニャはどす黒い満足感をかみしめた。彼は罪悪感を感じているんだわ。そう、これはきっと罪悪感よ……。だが、その罪悪感もすぐにぬぐい去られたようだった。

「ハリー・グラハムはどうなんだ？　ぼくたちのプライバシーについて、彼は何も知らされていないのかい？」目に疑惑をちらつかせ、レイフは静かに反撃する。

「ハリーが知ってるのは、わたしたちが別居してるってことだけよ！」ああ、男ってどうして人の心の動きにこうもうといのだろう。不動産業界では切れ者として知られるレイフも、女の気持にはまるで無知なのね。それともハリーのことを持ちだしてわたしを責めれば、自分の不貞が正当化できると思っているのかしら？　冗談じゃないわ！

ターニャの目に苦い決意のほどを読みとったのか、あるいは彼女とハリーに関する疑惑にはなんの根拠もないことに気づいたのか、レイフの表情が不意に険しくなった。暗い飢えたような目でターニャを見つめ、彼は言った。「きみがほしいんだ、ターニャ。きみがほしくてたまらない」

「そんなことはわかってるわ」だからあなたはわたしと結婚し、そして結婚生活を続けたいと思っている。「だけど、ほしいというだけではだめなのよ。お互いの心が通いあっていなくては」

レイフはやり場のないいらだちに顔をしかめ、どさりとシートによりかかって目をとじた。荒く息をつき、やがておもむろに首をねじってターニャを見る。「ぼくはこんなのはいやだよ、ターニャ」疲れたような低い声だ。

ターニャも怒りをすっかりぶちまけてしまうと、あとには疲労とむなしさしか残っていなかった。

「わたしだっていやだわ。いくら話しあおうとしても、あなたは聞く耳を持たないんですもの」生気のない声で言うと、打ちひしがれたように首をふる。「ロックを解除して、レイフ。わたし降りるわ」

「だめだ……」レイフはターニャから目をそらし、前方をきっと見すえた。「この先どうなるのかわからないが、それでもぼくはきみといっしょにいたい」ゆっくり言うと体を起こし、彼はエンジンをかけて車を出した。

ソフィアの家までは車で一時間ほどの道のりだった。レイフがどこでも好きなところに家を建ててあげると言ったのに、ソフィアはここにわたしのルーツがあるのだと主張して、町はずれにある五エーカーの農場を手放そうとしなかった。ただし農場の一角にある古い家は、レイフにまかせて住みやすく改築してもらっていた。

ターニャもレイフもその家に着くまでほとんど口をきかなかった。ターニャはハリーが言っていたコミュニケーションということについて考えていた。でも、二人の間にどうしようもない障壁があっては、コミュニケーションなど不可能だ。ニッキー・サンドストラムはターニャよりも十歳近く年上で、レイフの絶対的信頼を勝ち得ている。彼女はそびえ立つ山だ。ターニャにはその山を動かすことはできない。せいぜい山肌を引っかくぐらいだ。

もういい加減、あの秘書の本性をレイフに教えてあげたほうがいいのかもしれない。このままではとうてい、らちがあかないのだから。ターニャは深く息を吸いこんだ。落ち着いて冷静に話すのよ、と自分に言いきかせる。興奮してはだめ。落ち着いて冷静に。

「あなた、ニッキーに今日わたしとお義母さまの家に行くことを話したでしょう？」

「ターニャ……また蒸し返すつもりかい？」レイフはげんなりしたように言った。

「いいから答えて……お願い」ターニャは必死の思いでささやく。

「ああ、話したよ」レイフはそっけなく答えた。

「だったらわかるでしょう、女の心理がどう働くか」

レイフはかぶりをふった。「なんの話だかさっぱりわからない」

「ニッキーはわざと香水をこぼしたのよ。自分があなたといっしょだったことを、わたしにわからせるためにね」

「ターニャ……」

「彼女はわたしを憎んでいるのよ」ターニャは静かに言った。「あなたが彼女ではなく、わたしを妻にしたから……。女が香水をこぼすことなんてめったにないわ。高価なものだから注意深く大事に扱うのがふつうよ。とりわけニッキー・サンドストラムは間違っても、ものをこぼすようなタイプじゃないわ。何事につけ、あれだけ几帳面な人ですもの。あなただって過去十年の間に、彼女がそんなへまをするのを見たことはないはずだわ」

長い沈黙の末、レイフはかすかに嘲りのこもった口調で言った。「だからといって別に深い意味はない」

「わたしには彼女がどんなふうに考え、どんなふうに辞表を出すと言ったのか、よくわかるの。彼女はたいした役者よ。実に巧妙で、実に辛抱強いタイプだわ。あなたが彼女の手腕を買っているのも当然ね。彼女は……」

「ターニャ」レイフがじれったそうにさえぎった。「ニッキーは純粋な気持で会社を辞めると言ってくれたんだ」

「もちろんあなたにはそう見えたでしょう」ターニャは落ち着き払って続けた。「きっと彼女は、自己犠牲もいとわない人格高潔な女性を見事に演じてみせたんだと思うわ。だけど、あなたはそれでかえって、彼女を辞めさせるなんてとんでもないと思ってしまったんじゃないかしら。ましてわたしみたいに視野の狭い女の言いなりになるのは愚の骨頂だとね。あなたがそう思うように、彼女、さりげなく仕向けたのよ。もちろんはっきりと口に出しはしなかったでしょうけど、それとなくほのめかして……。さも気の毒そうな顔をし、自分のことは気にしなくていいと言いつつもね」

レイフは黙っている。だが、ターニャの推測が的を射ていることは、その顔にうかんだ驚きの表情を見れば明らかだ。ターニャは自分の言葉が彼の頭にしみこむのを待って、それ以上はもう何も言わなかった。だが、レイフは考えにふけっているうちにまた無気味な表情になっていった。ついに彼が口を開いた。「ニッキーが……彼女がぼくに恋をしていると言いたいのかい？」

ターニャはすぐには答えなかった。彼の質問に対する答えは決まっていたが、これは非常に重大な問題だから、考えもなしに口走っていると思われたくなかった。

「ええ」ようやく物柔らかに答える。「彼女はあなたに恋しているんだと思うわ、彼女なりの恋しかたでね。あなたをできるだけわたしから引き離し、自分の側に引きつけておこうとしてるもの……計算しつくした、さりげない形で」

とうとう言ってしまった。コミュニケーションとは、ときに苦しいものだわ。ほんとうにひどく苦しい。レイフがいつまでも黙っているので、苦しみはますますひどくなっていく。

「そんなことはあり得ないよ」レイフはようやく言った。「もしぼくに恋しているのだとしたら、ぼくたちが結婚した時点で会社を辞めていたはずだ」

ターニャは小さく笑い声をあげた。「会社を辞めたらあなたを奪い返すこともできなくなるでしょう？　十年近くも思いをよせていた男性を、彼女がそう簡単にあきらめると思って？」

レイフは口もとを引きしめた。返事はない。

「彼女はあなたがわたしと結婚したことを、一時的に官能に溺れてしまっただけだと合理化して、長期戦に切りかえたのよ」これ以上失うものはないと考え、ターニャは言葉をついだ。「わたしを見る彼女の目には冷笑が、むきだしの憎悪がうかんでいるわ。あなたの前では彼女も用心深くなるけれど。わたしのことを妄想にとりつかれたノイローゼ患者なんだとあなたに思わせたいのよ。そしてわたしたちを別れさせ、最後には自分があなたを独占するつもりなんだわ。あなたはその手にまんまとはまろうとしている。あなたが彼女を手放さずにいることも、彼女には自信の源になっているんだわ」

沈黙が続いた。ターニャの言葉はレイフの心に確かにある種の葛藤を引き起こしたようだ。あとはこのままなりゆきにまかせたほうがいい。第一レイフがわたしの言うことを信じてくれないのなら、これ以上何を言っても無駄だ。

「きみの考えすぎだと思うよ、ターニャ」レイフはようやく言った。「ニッキー・サンドストラムはたとえぼくが頼んでも、ぼくと肉体関係を持とうとはしないだろう。むろんぼくにもそんなつもりは毛頭ないがね」

りと言った。

「試してみようなんて考えないで」ターニャはぽつりと言った。

「そんなこと夢にも思ってないよ。ニッキーは友だちだ」

「わたしにとっては敵だわ。わたしたちの結婚生活を大事に思ってくれるなら、あなたにとってもね」ターニャはそこで言葉を切り、自潮気味に言いそえた。「ニッキーのかわりを見つけるより、わたしのかわりを見つけるほうが簡単なんでしょうね」

レイフはつらそうに頭をふったが、口はつぐんだままだ。どちらにしろ、もうおしゃべりしている暇はない。車は目的地に着いていた。

ショータイムの始まりだ！

## 10

レイフはアストン・マーティンを門の中に進め、農場の敷地内をゆっくりと家に向かっていった。木陰にはすでに数台の車がとめられており、ターニャはレイフがいつもほどスピードを出していなかったせいで到着が予定より遅れたことに気がついた。いつも時間に正確なレイフも、今日はほかに考えることが多すぎたというわけだ。

彼はほかの車の横に駐車すると、すかさず降りてターニャの側のドアをあけに来た。こういうところは非常に紳士的な人なのだ。それに、むろん家族の手前もある。ターニャは気持を切りかえることにした。これがさよなら公演になるのなら、史上最高の演技をしてみせよう。

　レイフはターニャが降りるのに手を貸したかと思うと、そのまま彼女をそっと抱きしめた。ターニャは驚きと希望に胸をときめかせて彼の顔を見あげ、その目に愛のぬくもりを探した。

　だが、ターニャを見つめ返してきた目は、彼女自身の苦しい胸の内をそのまま映しだしたように陰鬱(いんうつ)で悲しげだった。レイフはターニャに触れずにはいられないとでもいうように、頬を優しく撫(な)でた。

「きみのかわりなんて見つからないよ、ターニャ。きみはかけがえのない存在なんだ」かすれた声でささやく。

　本能か、あるいは彼女自身もレイフに触れずにはいられなかったのか、ターニャは「あなたもよ、レイフ」とささやき返すと、首をねじって彼のてのひらに唇を押しあてた。

　レイフは悩ましげに低く息をもらし、片手でターニャの後頭部をささえるようにして熱っぽく唇を重ねてきた。ターニャも思わず唇を開き、官能に火のつきそうな熱いくちづけを受けいれる。

　貪(むさぼ)るようなくちづけに抗(あらが)うことはできなかった。ターニャ自身彼を強く求め、深く愛している。レイフはいくら貪っても足りないかのようにいつまでもくちづけをやめず、二人の体は炎となって燃えあがりはじめた。二人ともたちまちわれを忘れ、場所もわきまえず、互いの情熱の中に身をとかしていく。

「なるほど、それで遅刻したわけね！」ソフィアの深みのあるアルトが笑い声となってはじけた。「あなたってパパにそっくりだわ、レイフ。どんなときでも妻の体から手を引っこめられないのね」

　レイフはつとターニャから離れ、彼女の肩を抱いて母親に向き直った。その顔は真っ赤に染まっている。「ごめん、母さん……」

　ソフィアは息子の言葉を笑いとばした。「夫婦がそれほど愛しあっているなんて結構なことだわ」そしてレイフを抱きしめ、両頬にキスをしてから、にこやかにターニャの手をとった。「わたしも昔はあなたみたいな体形をしていたのよ、ターニャ。男性はみんな夢中になったものだわ、特にレイフのパパはね。それでこんなに子だくさんになって、ちょっぴりお肉もついてしまったというわけ」

それは少し控えめすぎる表現だ。ソフィアの体には、ちょっぴりどころかたっぷり肉がついている。それでもその体は十分女らしく、すれ違う男の目をいまでも一瞬引かずにはおかない。でも、パパとの結婚生活を経験したあとでは——彼女は亡き夫をいつもそう呼ぶ——ほかの男性なんて考えられないらしい。

ソフィアにとって、オーストラリア人だった夫は男の中の男だった。たくましく、男っぽく……かけがえのない男性だったのだ。彼と比べたらどんな男性とつきあってもがっかりさせられるだけだという。

「母さんは年々きれいになるね」レイフが言うと、ソフィアは嬉しそうに顔をほころばせた。

「あなたは年々嘘がうまくなるわ、レイフ。だけど母さんは母親だから許してあげる」と笑う。

ターニャは二人をじっと見つめた。まるで性格の違う親子なのに、こんなに仲がいいなんて……。ソフィアはあけっぴろげで、感情がすぐに顔や声に出る。一方、レイフは自分の感情をファラオの墓のようにぴたりととざして、かたく封印している。

「パパは情熱的な人だったわ」ソフィアは誇らしげに言った。「ああ、あのころは最高だった！　わたしもまだ若くて魅力的だったのよね、レイフ？　パパはときどき、わたしが子どもたちを寝かしつけるのを待ちきれなくなってしまうの」とターニャに向かって目をくりくりさせる。「そうするとレイフがおちびさんたちの面倒を見てくれたわ。お風呂に入れ、寝かしつけてくれた」

「そう、そういうことにかけてはぼくはずいぶん練習を積んだ」レイフが乾いた口調で言った。

ソフィアははじけるような笑い声をあげた。ターニャの頬にキスし、したり顔でささやく。「レイフはきっといい父親になるわよ」

彼は子どものころに父親役をやりすぎて、もううんざりなのかもしれない。そう思いいたってターニャは胸を突かれた。でも、過ぎたことはどうしようもない。

レイフはプレゼントの包みを車から降ろし、ソフィアの手に持たせた。「お誕生日おめでとう、母さん」にっこり笑ってうまく母親の気をそらす。ソフィアにとっては楽しい思い出も、レイフにとっては楽しくも嬉しくもないのだ。

だがソフィアはそのことに気づいてはいなかった。プレゼントを渡されて喜んでいる顔には、レイフの気持に気づいた様子はない。

ターニャはふと思った。お義母さまはこの長男のことをどれだけわかっているのかしら？　確かに母親として深い愛情は抱いているのだろうが、その実彼のことなど全然わかっていないに違いない。レイフは単に、なんでもしてくれるすばらしい息子にすぎないのだ。

実際このすばらしい息子にも彼なりの悩みがあって、ただそれを隠しているだけだとは、ソフィアには思いもおよばないらしい。レイフは早くから、本来両親の負うべき責任を押しつけられ、そのまま重荷を背負って今日まで来た。自分がそれを放りだしても誰も受けとめてはくれないとわかっていたからだ。

ターニャは突如、視界が晴れたような気がした。いままでわからなかった疑問も、この新しい視点から見てみるとすべて氷解していくようだった。レイフが母のソフィアに対するのと同様わたしに何も話してくれないのは、わたしを求める気持が強すぎるからなのだろうか？　自制心や理性がレイフにとってかくも大事なのは、自分自身の欲望に人生を支配され、なすべきことを忘れてしまうのを恐れているから？　わたしの敵はニッキー・サンドストラムではなく、彼の過去なのだろうか？

いいえ、両方だわ！　あの悪意を隠し持った秘書だって、やっぱりわたしの敵だ。でも彼女を排除しても、レイフが言っていたように依然として問題は残る。レイフはその問題が自分自身の過去に深くかかわっているとは思っていないだろうが。

夜まで続いたにぎやかな誕生パーティーの間じゅう、ターニャはレイフの家族をさりげなく観察していた。彼の弟や妹は何かにつけて彼に助言を求め、彼はどんなささいな問題に対しても適切な処理のしかたを教えていた。だが、この長兄にも自分たちが力になってあげられるような問題があるかもしれないとは、家族の誰ひとり思っていないようだった。

実のところ、彼らがレイフのためにできることなどたかが知れている。レイフはあらゆる点で彼らにまさっているのだ。でも、彼らだって長兄のためにしてあげられることはないのかと考えるぐらいはしてもいいはずだ。だが、この家族にとってレイフは、弱点のない完璧（かんぺき）な人間なのだ。完璧な人間などどこにも存在しないのに。〝あなたはレイフに何が必要なのか、気づかってあげてるの？〟

ええ、気づかってるわ、おばあちゃん。ターニャは声には出さずに答える。

現に家族の手前、ターニャとの結婚生活を繕わねばならないという彼の気持を、彼女は可能なかぎりくみとって今日という日を過ごしている。レイフには男なら誰もが羨（うらや）むような優しく愛情こまやかな妻がついていることを、態度や言葉の端々で彼の家族にアピールし続けている。

それが報われてレイフの目には安堵と感謝、そして喜びの光が輝いていた。お芝居であろうがなんであろうが関係ない。レイフが喜んでくれているのだ。わたしがちょっとしたところで、かいがいしく妻らしい気づかいを示しているから……。

結局二人は一番最後までソフィアの家に残った。レイフがなかなか帰りたがらないのは暗礁に乗りあげた結婚生活の中で、つかの間悩みを忘れていられるこのひとときをおしまいにしたくないからだ、とターニャは思いたかった。彼はいつまでもこのままでいたいのだ。でも現実的に考えれば、今日は例外的な一日にすぎない。

何も解決してはいないんだわ。ターニャはそう心につぶやいてから、いや解決したこともあるのだと思い直した。いまのわたしには彼がなぜ敗残者のように見られたくないのか、なぜ不屈の存在でなければならないのか、わかるような気がする。別にプライドの問題ではないのだ。彼が敗残者になってしまったら、家族に破滅的な影響をおよぼしかねない。今日だって、もしもわたしがいっしょに来なかったら、家族全員にとって悲惨な一日になってしまったに違いない。

帰り際、ソフィアは二人を車まで送りながら、今度会うときには〝いい知らせ〟を期待してるわ、と露骨にほのめかした。レイフはやむを得ず答えた。

「ぼくはターニャを見つけるのにずいぶん長いことかかったんだよ、母さん。お互いに心の準備ができるまで家族はふやさないつもりなんだ。だから、そうせかさないでもらいたいな。気持がかたまったら……そのときは知らせるから」

ソフィアは上機嫌でターニャの肩を抱きしめた。むろんわが道を行く息子を頼もしいと思っているのだ。ターニャに〝男ってほんとうにわかってないいんだから。あなたが教えてあげなきゃだめよ、ターニャ〞というようなまなざしを向ける。だが、ターニャは、レイフになんであれ教えてあげられるチャンスが自分にあるとは思えなかった。

「それじゃ、そのときはきっと電話してよ」ソフィアがはっぱをかけるように言った。

「ああ、必ず」とレイフは答えたが、ターニャは彼の顔に無念の思いを読みとった。彼は何事であれ押しつけられるのが大嫌いなのだ。母親の言葉は彼をよけい依怙地にさせるだけだろう。

母親にさよならのキスをすると、レイフはターニャと車に乗りこみ、黙って発進させた。

レイフに家族をふやす心の準備ができていないことは疑問の余地がない。そんな心の準備は永久にできないのだろう。子どもを作ってもいいとターニャに言ったのは、そこまでしてでも彼女を手放したくないという表れではあるけれど、本心から子どもがほしいわけではないのだ。

ソフィアの家が見えないところまで来ると、レイフは突然車を路肩によせてとめた。

ターニャはとまどって物問いたげに彼を見た。彼の目にはいつもと違う、はかなげな表情がうかんでいた。ターニャの手をとり、浅黒く力強い指を彼女の白く柔らかな指にしっかりとからめる。

「ありがとう、ターニャ」そのかすれた声は、今日一日うまく芝居してくれたことだけについて言っているのではなかった。

それがわかったので、ターニャはそっと言葉を返した。「どういたしまして」

レイフの視線が二人のつながれた手に落ちた。深く息を吸いこむと、そのまま目をあげずに語りだす。

「きっといままで言ったことはないと思うけれど……きみを妻にできたということは、ぼくにとって……非常に深い意味があるんだ。ぼくはきみのことを……いろいろな意味で……自分に与えられたごほうびのように感じているんだ」そこで彼は眉根をよせた。「なんのごほうびかはきかないでくれ」

きくまでもなくターニャにはわかっていた。彼の言っている意味はよくわかる。またもや祖母の言葉が耳によみがえってきた。〝望むものと必要なものが違う場合だってあるわ〟その意味が少しわかったような気がする。

レイフはわびるようにターニャの目を見た。「以前はこんなこと、頭にうかびさえしなかったが、いま考えてみるとぼくはほんとうに身勝手だった。自分はなんでもわかっているから、きみは黙ってついてくればいいんだと、ぼくの気持を押しつけてばかりいた。間違っていたよ、ぼくは。そうだろう？」

ターニャの心が希望にふくらむ。「ええ、レイフ。あなたは間違っていたわ」静かに答える。言うべきことを言わずにすませるつもりはない。ただ、あまりやりすぎたらレイフはまた心をとざしてしまうだろう。

ブルーの目が一瞬険しくなった。自分の非を認めるのはそれだけでもつらいものだ。が、レイフはターニャの手を握りしめて低く言葉をついだ。「きみを傷つけるつもりはなかったんだ。昔もいまも。ここらでぼくたちの問題点を整理すべきだろう」

ターニャは深い安堵に包まれてうなずいた。事態は変わりつつある、それもいいほうに。

レイフは熱を帯びたまなざしになり、身を乗りだすようにして言った。「きみはなぜ出ていったんだ？　ほんとうの理由を教えてくれ。ほんとうにニッキーのことだけが原因なのか？」

ターニャはしばし考えこんだ。自分の気持を正しく知ってもらわなくては。知らせずにいるとすべてがおかしくなってしまう。ハリーの言うとおりだ。

「あなたが、わたしをものでなくひとりの人間として扱ってくれていたら、ニッキー・サンドストラムのこともこれほど問題にはならなかったと思うわ。彼女だけでなく、あなたまでわたしをのけ者にするんですもの」

「そうか」レイフはそうつぶやいて体を引き、ターニャの言葉を反芻した。「それがいまでもきみにとっては大問題なのかな?」

ターニャは嘲るような目つきで彼の願望を一蹴した。「問題にならないと思う?」

レイフは吐息をついた。「やっぱり問題なんだ」

ターニャは今後どうするつもりなのか彼にきいてみたかったが、へたに詮索しないほうがいいことはわかっていた。レイフはわたしに心を開きかけているけれど、三十四年かけて形作られた打ち解けない性格は、そう簡単に変わるものではない。わたしは家を出るという手段で攻撃をしかけたけれど、いまはこれ以上攻撃してもどうにもならないだろう。こちらの手の内は全部見せたのだ。この先どうするかは彼自身が決めることだ。

ニッキーに関してはレイフは何も約束しようとしないけれど、希望がないわけではない。この状況を真剣に考えたら、彼もじきに目が覚めるかもしれない。

レイフは不意に顔をほころばせた。そのしたりげな微笑にぞくっとし、ターニャは自分が女であることをいやでも意識してしまう。

「これがほんとうの袋小路というやつだな」何を思ったか、彼はそんなことを言いだした。「これじゃぼくは手も足も出ないよ。だって、きみを抱かずにいたら体だけが目あてなのだと言われる。きみを抱いたらいれば、二人の関係で一番すばらしい部分が欠落してしまうことになる」そうして期待に目をきらめかせ、眉をあげてみせた。「ここはこの世で一番適切な場所ではないかもしれないが、いまこの場でぼくに襲われたいと思わないか？　へとへとになるまでね」

彼の誘惑は荒れ狂う炎となってターニャの全身を駆けめぐった。レイフはどんな状況でも信じられないほど煽情的なものにしてしまう。いまこの場でレイフに抱かれたら、喜びはどれほど強烈なものになるか知れない。でも終わったあとは……。彼がまたわたしに背を向け、心をとざしてしまったら……。「だめよ、レイフ」ターニャはやっとの思いで言った。

だがレイフは彼女の気持を見抜いていた。「いっしょに家に帰ろう、ターニャ」そっとささやき、家に帰って車の中では不可能なほど激しく愛をかわそうと誘いかける。

「だめ」ターニャは胸が張り裂けそうな思いでそう答えた。甘くけぶっているレイフの目から視線を引きはがし、窓の外を見つめる。

レイフは深いため息をついた。「今日のきみの態度からして……ひょっとして考え直してくれたんじゃないかと思ったんだが……」

「わたしの考えは変わってないわ」ターニャはかたい声で言った。

「ターニャ……」レイフはそのかすように甘い声でささやき、彼女の頬から顎、顎から耳へとゆっくりと指先を這わせた。「こっちを向いて」

ターニャの胸はねじ切れそうに痛んだ。爪がてのひらに食いこむほどにかたく両手を握りしめる。ここで屈するわけにはいかない。絶対に！　彼にまるめこまれ、以前と同じ状況に逆戻りするようではいけない。

ターニャはグリーンの目に苦しげな色をうかべながらも、ぐいと頭をそらしてレイフを見た。「わたしはあなたに選択の余地を与えたわ。あなたはいま、強引にわたしを思いどおりにすることもできる。だけど、そんなことをしたってわたしは家には帰らないわよ」

レイフは渋い顔になって体を引いた。「今日……」片手をあげ、言葉にならない思いをなんとか伝えようとする。

ターニャは耐えきれなくなって顔をそむけた。レイフの顔を見ているのはあまりにつらすぎた。前方にうつろな目を向け、ぎこちなく言う。「今日はほんとうに楽しかったわ。お礼を言うわ、レイフ。だけどたった一日楽しく過ごせたからって、それが一生の基盤になるわけじゃないのよ。わたしが家に帰る前に、あなたにはするべきことがあるはずだわ」

レイフはシートにもたれかかった。「ひとつ警告しておくよ、ターニャ」すごみのきいた声で言う。「きみのためにぼくはここまで折れたんだ。だが、きみの言いなりになって、自分が間違っていると思うことまでするつもりはない」

それだけ言うと彼はさっとエンジンをかけ、アストン・マーティンを急発進させた。ビア・ウェイクフィールドの家までは行きの半分の時間しかかからなかった。その間レイフもターニャもひと言も口をきかない。ターニャは涙をこらえるだけで精いっぱいだった。

彼は確かに以前に比べてわたしに甘くなっているのかもしれないけれど、あの大事な秘書を手放すつもりはないのだ。二つの世界のおいしい部分を残そうと、ご都合主義の解決法を望んでいるのだ。まあそう感情的にならないで、このへんでけりをつけようよ、と言っているのだ。コミュニケーションなんていってもせいぜいこんなものだ、とターニャは情けない気持になった。

レイフは車を降りて玄関先まで送ってくれたが、二人とも目をあわせようとはしなかった。「今日はありがとう」レイフがぶっきらぼうに言った。「気をつかってくれたこと……感謝してるよ」

ターニャは返事をする自信がなかった。無言でうなずくと、そのままレイフに背を向けた。

## 11

それでもすべてが失われてしまったわけではない。ターニャはじきにそう考えることになった。ビアの家の玄関先で別れて一時間もしないうちに、レイフから電話がかかってきたのだ。祖母に出るかときかれ、ターニャはいそいそと受話器を受けとった。今度こそレイフも考え直してくれたのかもしれない。

「明日の晩、いっしょに食事に行きたいんだが」とレイフは言った。「もう何も無理じいしないって約束するよ、ターニャ。ただきみといたいだけなんだ。つきあってくれるかい？」

「ええ」とターニャは答えた。明日は月曜日。彼はニッキー・サンドストラムと顔をあわせるはずだ。

もしかしたらついに結論を出したのかもしれない。

レイフは何時なら都合がいいかと尋ね、ターニャの返事を聞くとそそくさと電話を切った。

「どういうことだと思う、おばあちゃん？」ターニャは祖母に尋ねた。先刻までの絶望的な気分からはもう脱していた。

「レイフにはあきらめるつもりはないってことだと思うわ」祖母はかすかにほほえんで答えた。

それは一週間が過ぎるうちに明白になった。

レイフは毎晩のようにターニャを食事に誘った。それも仕事とはまるで関係のない、プライベートなディナーだ。彼はターニャをシドニーじゅうの高級レストランに案内し、すばらしいごちそうを食べさせてくれた。ハリー・グラハムとの仕事のことをきかれ、ターニャはいま彼がとりくんでいるプロジェクトについて話した。話題は多岐にわたったが、レイフは紳士の礼儀として腕を貸したりする以外はターニャに触れようともせず、おやすみのキスさえしなかった。

ターニャをとり戻すために、きみはぼくにとって単なるものではなく、ひとりの人間なのだと態度で示しているつもりなのだろう。ある意味ではそんなレイフの気持はとても嬉しい。でも、結婚前の彼もこんな感じだったのだ。彼のもとに戻ったとたん、また以前と同じ状況に逆戻りしないともかぎらない。

別の意味では、二人のデートはいつでも最初から最後まで緊張をはらんでいた。触れあいたいという気持はいささかも衰えず、二人の間で熱く脈打っていた。その気持を無理に押し殺しているために、お互い不満がつのっている。レイフはターニャのほうが耐えきれなくなるのを待っていた。それはターニャにもわかっていた。

だが、レイフの日々の生活には依然としてニッキー・サンドストラムが居座っている。

「彼女、まだあなたといっしょなの？」最初に食事をしたとき、ターニャはそう尋ねた。

「ああ、ニッキーならまだぼくのところで働いている」レイフは〝働いている〟の部分に力をこめて言った。

数日後、ターニャはこう尋ねた。「ニッキー・サンドストラムは、あなたがわたしとこうして外で食事しているのを知っているの？」

「どうかな。少なくともぼくは話していない」

「つまりわたしたちのプライベートなことは、もう彼女にはしゃべっていないというわけ？」ターニャはこの肝心な点をはっきりさせたかった。

レイフは彼女をまっすぐに見つめてきっぱりと言った。「この間のことは後悔してるんだ。信じてくれ、ターニャ。もう二度とぼくたちの私生活について他人に話すようなことはしない」

その言葉で、ターニャの胸の内に抑えこまれていた感情が一気にあふれだしそうになった。レイフの言葉を素直に受けいれたい。でも、残念ながら問題がもうひとつあった。しかもそれは日を追うごとに、ほかの問題がすべてかすんで見えるほど大きくふくれあがっていた。

先月分のピルはもうのみ終わっているのに、まだ生理が来ないのだ。ソフィアの誕生日の前日が予定日だったのだが、あのときのターニャはほかのことにばかり気をとられていた。もし妊娠したらレイフとの関係はどうなるのだろう？　考えただけで身のすくむ思いがする。レイフが子どもをほしがっていないのはほぼ確実だが、わたしはどうしてもほしい。もしできたのだとすればの話だけれど。

きっとストレスか何かで遅れているだけだわ。そう思いながらターニャはさらに数日手をこまねいていたが、とうとう覚悟を決め、妊娠検査薬を試してみた。

結果は陽性だった。

自分のおなかの中に赤ちゃんが宿っているとわかっても、かつて夢見ていたほど有頂天にはなれなかった。レイフはそろそろ子どもを作ってもいいと言っているけれど、それが彼の本意でないことはわかりすぎるくらいわかっている。母親にせっつかれたときの彼の反応を、ターニャはいまも忘れていなかった。

もしかしたら彼は、わたしが彼の気持を無視し、状況を自分に有利に導くためにわざと妊娠したのだと思うのではないかしら？　ピルをのみ忘れたあの運命の晩、わたしは自分の意思で外泊した。たとえ事情を説明しても、レイフはきっとわたしを責めるだろう。わたしが彼を騙(だま)したのだと考え、わたしに対する信頼感は永久に失われてしまうかもしれない。でも、この子はわたしの子であるばかりでなく彼の子でもあるのだ。ターニャはちゃんとした家庭の子として子どもを産みたかった。

レイフはわが子に対する責任を放棄するような男ではない。あれだけ責任感の強い人だもの、それは間違いない。心配なのはわたしとレイフの関係だ。

だが、永久にレイフに秘密にしておくことはできない。近々レイフに話し、家に戻らなくては。たとえニッキー・サンドストラムの問題がまだ片づいていないとしても。少なくともレイフは、あの秘書との間に多少の距離を置くようになっている。このまま彼女に邪魔されることなく、レイフとうまくやり直せればいいのだけれど。

ヨーアン・ヨーアンソンに再会したのは、ターニャがまだこういった悩みに鬱々(うつうつ)としているときだった。ハリーがそのデンマーク人の企業家を自分のトーク番組のゲストによぶことに決めたのだ。オーストラリアの国民は国土が少しずつ外国人に買い占められている現状を案じており、海外投資家の勢力は最近の格好の話題になっていた。

ヨーアンソンは収録前の打ちあわせのためテレビ局にやってきて、あまり突っこんだ質問をされるのはごめんだと宣言した。ハリーとしては、ヨーアンソンと対決するのが番組の目的ではない。面白くて役に立つ話が聞ければいいのであって、ゲストには機嫌よくくつろいでもらいたいと思っていた。だからそのためにも、ヨーアンソンにお昼をごちそうすると申し出て、オフィスから廊下に出た。そこに偶然ターニャが通りかかったのだ。

ヨーアンソンは彼女に対する興味を一瞬のうちによみがえらせたようだった。愛想よく挨拶し、彼女がハリーの下でスタッフとして働いていることを知ると、この仕事がらみの昼食に彼女もぜひ同席するようにと言った。おかげでターニャは面倒な立場に立たされた。すげなく断ったら、レイフとも取り引き関係のあるこのデンマーク人が気を悪くするかもしれない。でも、ヨーアンソンにおおっぴらに色目を使われるのも居心地が悪い。

ターニャの当惑を見てとって、ハリーはこっそり片目をつぶってみせた。「バッグをとっておいで、ターニャ。ぼくが面倒見るよ。おいしいものを食べれば少しは気晴らしになるだろう」

ヨーアンソンはハリーの言葉に怪訝な顔をしたが、ターニャはハリーが自分にかわってうまくヨーアンソンをあしらってくれるつもりなのだとわかって、ひそかに胸を撫でおろした。

三人は北シドニーの一流レストランに行った。ハリーはヨーアンソンがターニャを個人的な話に引っぱりこもうとするたびにさりげなく話題をそらし、一般的な方向に持っていってくれた。そのハリーがターニャに警告するような鋭いまなざしを投げかけたのは、メインディッシュが運ばれてきたときだった。だがハリーはすぐに表情をやわらげ、穏やかに言った。「今日はこの店は仕事の打ちあわせをする人たちにやけに人気があるようだ。レイフが入ってきたよ、ターニャ」

ターニャはぎょっとした。わたしはここで、レイフが疑惑の目で見ている二人の男性と同席している。別に何もやましいことはないけれど、レイフはきっと機嫌をそこねるだろう。それでもターニャはなんとか驚いたような笑顔を作って、レイフのほうをふり返った。

レイフはひとりではなく、ニッキー・サンドストラムといっしょだった。ターニャの作り笑いが凍りつく。彼がニッキーと――もっぱら仕事のために――いっしょなら、わたしがハリーと――もっぱら仕事のために――いっしょだってかまわないはずだ。たとえレイフがどう思おうと、わたしには何も後ろ暗いところはないのだから！

レイフはまだターニャに気づいていない。ニッキーが彼の注意を自分ひとりに引きつけている。が、案内係にターニャたちの席とは反対側の奥のテーブルまで案内されたとき、レイフはターニャの視線を感じとったかのように眉をひそめ、まっすぐこちらに顔を向けた。

彼の目は即座にターニャをとらえた。ターニャはもう一度笑顔を作り、片手をあげてみせた。レイフは彼女と同席している二人の男に目を走らせ、遠目にもわかるほど顔をこわばらせたが、すぐにターニャと同じ、とってつけたような微笑をうかべた。内心はどうあれ、レイフは人前では決して感情を見せない。ニッキーにひと言二言言葉をかけると、彼は椅子から立って、笑みを顔にはりつけたままこちらに歩いてきた。

ニッキーがことのなりゆきにいらだった顔をしているのを見て、ターニャは一瞬満足感にひたった。だがニッキーはすぐに顔をそむけ、メニューを検討するふりをした。

「やあ、ダーリン」レイフは軽い調子で言い、ターニャの連れにもうなずくような挨拶をした。「それにヨーアンソン……グラハム……」それからまたターニャに向き直る。「きみが今日ここに来る予定だったとは知らなかったな」その声に非難の響きはない。ただ驚いて面白がっているだけの口調だ。だが、ターニャは彼の頭の中に千もの疑問が渦巻いているのを感じとった。

「彼女自身も知らなかったんだよ」ハリーが陽気に言った。「仕事の打ちあわせをかねたヨーアンとの食事に彼女にもつきあってもらうことにしたのは、ほんの一時間前のことだったんでね。彼との会話を細かい点まで忘れないように、ターニャに来てもらったんだ。きみの奥さんはすばらしい記憶力の持ち主だからな。もっとも、それはきみも知っているだろうがね、レイフ。きみにとっても彼女は貴重な助手なんだろう?」

一瞬レイフの目に驚きの表情が走ったが、彼はよどみなく言ってのけた。「ああ、彼女がいなかったらぼくはお手あげだよ」

ターニャはハリーに感謝しながらレイフににっこり笑いかけた。「あなたも仕事の途中なんでしょう、ダーリン？　わたしのために中断させては申し訳ないわ。お連れがこっちを見てるわよ」

今度はレイフも驚きを隠しきれなかった。ターニャがこの事態をこんなに冷静に受けとめているなんて信じられない。レイフの心に疑念がわき起こり、彼はブルーの目を曇らせた。だが、またすぐに厳しい決意の色がその目にうかんだ。「それじゃまた今夜会おう。夜になってもきみがまだごちそうを食べたい気分だったらね」かすかに皮肉のまじった口調だ。期待はまったくしていないらしい。

「ええ、今夜ね。今夜もごちそうを食べたいわ」ターニャはわずかに熱をこめて答えた。

レイフの表情がほんの少しだけやわらいだ。「いつもの時間でいいかな？」

ターニャはこれがほかの二人の男性に対する牽制であることに気づいた。別居はしていてもターニャはやはりぼくのものだと、レイフはほのめかしているのだ。「ええ」とターニャは答えた。わたしは確かにあなたのものよ。あなたに抗い、ときにはあなたの鈍さ加減を憎みはしても、やっぱりわたしはあなたのもの。それを今夜あなたに言うわ。いつまでも迷い続けるのは愚かなことだ。

レイフはハリーとヨーアンソンに薄笑いを見せて去っていった。ターニャはニッキーが彼を迎えてぱっと顔を輝かせるのを見た。ニッキー・サンドストラムはまだ希望を捨てていないんだわ。レイフはどう思っているか知らないけれど、ニッキーは彼が少しでも慰めを求める気配を見せたら、待ってましたとばかりにそのチャンスにとびつくだろう。でも、今夜はもう慰めなど必要もないくらい、わたしが彼の心をみたしてあげるわ。

ハリーの大袈裟なため息でターニャはわれに返った。「ご亭主を前にすると、きみはいつもめろめろになってしまうんだね、ターニャ」

「彼はわたしにとって生涯ただひとりの男性なのよ、ハリー」ターニャはハリーの戦術に目をきらめかせて言った。

彼はターニャをからかうふりをして、彼女にちょっかいをかけても無駄だよとヨーアンソンに釘をさしたのだ。

ヨーアン・ヨーアンソンは肩をすくめた。彼は手の届かぬものは深追いしない、現実的なタイプだった。女ってやつはどうしてこうなんだ？　レイフ・カールトンは仕事にかけては確かにすご腕だが、ターニャのような美人の扱いかたを心得ているとは思えない。わたしならもっと彼女を大事にして、なんでも望みをかなえてやるのに……。しかし彼女がレイフにそれほど惚れているのなら、見こみはないな。仕事の話に戻ろう。ヨーアンソンはハリー・グラハムに向き直った。抜け目のない男だ、グラハムというやつは。レイフのような精神的な強靭さには欠けるけれど、非常に抜け目のない男だ。

それからは何事もなく、打ちあわせは終わった。ターニャは店を出るときにレイフに手をふり、レイフも片手をあげてこたえた。だがニッキー・サンドストラムはふり返りもせず、ターニャを完全に無視している。意識のすべてをひたすらレイフに集中し、レイフの妻には目もくれない。

ターニャはつかつかと近づいていってニッキーと対決したいのをやっとの思いでこらえた。そんなことをしても勝ち目がないのはわかっている。わたしは最後にはヒステリックになってしまうだろうし、一方、あのブロンドのほうはクールで超然とした態度をくずさないだろう。

ターニャはいまこそはっきり決心した。ニッキー・サンドストラムがいっしょにいるときには、わたしはもうレイフとはどこにも行かない。結局は腹を立てるだけで、自分が損をしてしまう。

その晩帰宅したターニャは、スーツケースに荷物をつめはじめた。「事情が変わったのよ、おばあちゃん。わたし、レイフといっしょに家に帰るわ」

「まあ！　レイフに帰ってくれと言われたのね？」祖母は眉をあげて言った。

「そうじゃないわ。わたしが自分で決めたことよ。家を出てきたときと同じようにね」

「でも、とにかくよかったわ。レイフも喜んでくれるでしょう」

ターニャは笑みをうかべた。もちろんレイフは喜んでくれるわ。でも、まだ妊娠したことを彼に打ちあけるという大問題が残っている。妊娠のことはまだ祖母にも話していない。誰よりも先にまずレイフに知らせるべきだと思ったからだ。わたしとまた暮らせるだけで満足し、子どもができたことをあまり気にしないでくれればいいんだけど。

ターニャは胸を躍らせながらシャワーを浴び、お気にいりのドレスを着た。黒地にダークレッドのばらを大胆に散らした細いシルエットのドレスだ。

荷作りが終わると彼女はスーツケースを玄関の外に出した。これを見たらレイフはきっと喜ぶだろう。

レイフは七時半きっかりにチャイムを鳴らした。ターニャは玄関にとんでいってドアをあけた。彼の目にたたえられた疑問はただちに解答を与えられた。つかの間、彼はターニャの生気にみちた顔をじっと見つめ、それからやにわに彼女を抱きしめた。狂おしげな抱擁が、長いこと禁じられていた情熱に火をつけた。互いに情熱を解き放って唇を重ね、体でせつない思いを語りあう。

「食事に行かなければいけないかな？」唇をターニャの髪にうずめ、ようやくレイフが言った。

「あなた、夕食の買い物をしてないでしょう？」ターニャは喜びに酔いしれながら答えた。

「多少はしてあるさ」とレイフはささやいた。

二人はそわそわした態度でターニャの祖母に別れの挨拶をした。祖母は一刻も早く帰りたがっている二人に満足そうだ。

ターニャのスーツケースが車に積みこまれた。二人の間には今宵への期待が火花となってとび散っていた。レイフは車を出してからも、ギアチェンジをするとき以外はずっとターニャの手を握っていた。

この調子ですべてがうまくいってほしい。ターニャは切実にそう思った。一日か二日、あるいは一週間か二週間たって新鮮みが薄れてきても、もうあと戻りはしたくない。いいえ、わたしのおなかの中には赤ちゃんがいるんだから、あと戻りなどできるはずがないわ。これからはすべてが以前と違ってくるのだ。

ターニャはレイフの顔を見つめ、心からあふれだした思いをぽろりと口にした。「愛してるわ」

レイフは黙ってぎゅっと彼女の手を握りしめる。感情を言葉で表現するのは苦手なのだ。自分の傷つきやすい一面を見せることにどうしても抵抗があるらしい。でも、わたしはこの数週間で、彼の目の中に深い感情を何度も見てきたわ。彼も胸の奥底に豊かで繊細な心をかかえているのだ。ただそれを隠しているだけだ。

二人を乗せた車が家に着いた。レイフがスーツケースを寝室に運ぶ間、ターニャはキッチンに行って冷蔵庫をあけた。おなかはすいておらず、ほんとうは食事などどうでもよかった。ターニャは冷蔵庫の中身をぼんやり眺めた。ふとレイフの気配を感じて顔をあげると、彼はキッチンの戸口に立って、いかにも幸せそうな顔でこちらを見ていた。

「ここにきみの姿があるっていうのはいいな」実感をこめて言う。

ターニャは笑い声をあげた。「キッチンにってこと?」とまぜっ返す。

「いや、この家にってことだよ。きみのいない家は……ほんとうに……空虚だった」

自分にとってターニャがどれほど大きな存在かを、レイフはその言葉で精いっぱい表現しているつもりなのだろう。彼の心にはニッキー・サンドストラムでは埋められない穴があいていたのだ。ターニャは晴れがましい気分になった。

「ところで何を食べたい?」と彼女は尋ねた。

「おなかはそれほどへってないんだ。きみの好きなものでいいよ、ターニャ」

ターニャの胸が震えた。レイフの目を見れば、彼が何を食べたがっているかは一目瞭然だ。でも彼はわたしの気持を考えて、あえて自制しているんだわ。わたしを体だけの女ではなく、人格を備えたひとりの人間として見てくれているのだ。

「わたしもおなかはすいてないの。食事はあとにしましょう」ターニャはかすれた声で言うと冷蔵庫の扉をしめ、レイフのほうへ歩きだした。そのまなざしは、彼の禁欲生活がじきに終わることを約束していた。

レイフはそっとターニャを抱きしめた。彼女のぬくもりにひたるだけで十分だというように、ただじっと抱きしめている。やがて彼女の髪に優しく頬をこすりつけて顔を上向かせると、ゆっくり唇を触れあわせた。激しさなどかけらもないくちづけだが、ターニャにとってはいままでに彼がしてくれたどんなキスより感動的だった。まるで心をじかに愛撫されているかのような……。

やがて唇を離すと、レイフはターニャの顔を無言で見おろした。ブルーの目には切迫した思いが黒く渦を巻いている。「きみを抱きたい」しゃがれ声で彼はささやいた。「この前きみを抱いたときの記憶を消してしまいたいんだよ、ターニャ。もう二度と、もの扱いされてるなんてきみに思わせたくない。きみはものなんかじゃないんだ。それを身をもって示したい。試させてくれるかい?」

「ええ」ターニャは過去の罪を償いたいというレイフの気持に心打たれ、ささやくように言った。

レイフは彼女を抱きあげて階段をのぼりはじめた。彼の腕に抱かれ、まるで赤ちゃんみたい、と思った次の瞬間、ターニャの頭を例の問題がよぎった。いま彼に話すべき? 愛をかわす前に? でも、いま話したら子どもができたから帰ってきたのだと思われてしまうかもしれないわ。この甘美なひとときを台なしにするようなことはしたくない。だけど赤ちゃんの話をあとまわしにしたら、また彼を誘惑して手玉にとろうとしているのだと思われてしまうかもしれない。

いいえ、そんなふうに思うはずないわ。ターニャは必死に自分の心に言いきかせた。わたしを抱きたいと言ったのはレイフのほうなんだし、いまは彼の思うとおりにさせてあげることのほうが大事だわ。一番大事なのは彼との関係なのだから。

レイフはベッドの真ん中にターニャをおろし、自分も隣に横たわった。枕(まくら)に広がった彼女の髪をいとしげに撫でながら、視線で顔を愛撫する。「きみが恋しかったよ、ターニャ……。きみの肌が、きみのにおいが、きみのすべてが恋しかった……。夜中に目を覚まして、きみを求めて手を伸ばし……そうしてきみがいないことを思い知らされた」

「わたしもあなたが恋しかったわ、レイフ」ターニャもささやき返し、彼のシャツのボタンをはずしはじめる。

レイフはかすかに身震いし、彼女の手をとると、てのひらにそっとキスしてから自分の肩にかけさせた。再び唇が重ねられ、二人の間の壁をみるみると かしていく。

ターニャは喜んでレイフに主導権をとらせた——今宵は。なぜなら、いままでとはすべてが違うから。ターニャは自分が彼にとって、もう単なる〝もの〟ではないことを知っていた。

レイフは服を脱がせることさえ急ごうとはせず、欲望よりもかぎりない優しさで、ターニャを恍惚(こうこつ)の世界に導いた。ターニャの胸は彼への愛ではちきれそうだった。かつてないほどみち足りた、目のくらむような喜びが彼女をとらえていた。短いながらも離れ離れに暮らしていた孤独な日々が二人の感覚をいっそうとぎすまし、再び触れあうことのできる喜びを深めている。

やがてさすがのレイフも自分を抑えきれなくなり、二人は快楽の深い淵へともに落ちていった……。

ようやく動きをとめた二人は、胸の鼓動をひとつにとけあわせ、じっと抱きあっていた。レイフは体を起こそうともしなければ、時計を見もしなかった。もう二度と離れまいとするかのようにターニャを抱きしめている。横にころがってあおむけになったときにもターニャを抱きしめたまま、両手で彼女の背中をいつくしむように撫でていた。ターニャは彼の胸に頬を押しつけ、ふるさとに帰ってきたようなやすらぎをかみしめた。そう、わたしのふるさとはここ……レイフの腕の中なのだ。

いまだわ、とターニャは心でつぶやいた。いまなら赤ちゃんのことを話せる。きっと大丈夫。すべてが前とは変わったのだから。

ターニャはレイフの腰にそっと指先を這わせ、彼がぴくりと体を震わせると微笑をうかべた。「レイフ？」

「ん……」彼はお返しにターニャの背中をそっと撫でおろす。

「わたし、あなたに話したいことがあるの」

「ん？」彼の指がターニャの肩に円を描きはじめた。

ターニャは深々と息を吸いこんだ。「わたし、赤ちゃんができたの」

とたんにレイフの指がとまった。彼の心臓もとまったかのようだった。全身が不自然にこわばっている。返事はなく、喜びの声も発せられない。ターニャは待った。レイフから肯定的な反応が返ってくるのをひたすら待ち続けた。彼がまだ生きているという唯一のあかしは、呼吸にあわせてごくかすかに上下している胸の動きだけだ。

ターニャは怒りがこみあげてくるのを感じ、それを懸命に抑えこんだ。レイフが赤ん坊をほしがっていないことは最初からわかっていたはずでしょう？

彼もいま必死に怒りを抑えているのかもしれないわ。

ターニャはさっとレイフから離れて起きあがり、彼がとめる間もなく床に足をおろした。ふり向きはしなかった。彼の顔を見たくなかった。その顔には見たくもないことが書いてあるはずだ。

ターニャは震える脚でクロゼットに近づいていき、扉をあけると絹のローブをとりだした。それを裸の体にまとい、ぎゅっとベルトをしめる。それで少しは脚の震えがおさまった。

「じっくりと考えてちょうだい。わたしはその間、食事の支度をするから」言い捨てるようにしてドアに向かう。レイフの顔は相変わらず見られない。見てしまってとり乱し、事態を悪化させるのがこわかった。

「いつのことだい？」

問いかける声はまったく抑揚がなかった。ターニャは足をもつれさせ、立ちどまって深呼吸した。冷静になるのよ。レイフと同じくらい冷静にならなければ、とり返しのつかないことを口走ってしまうかもしれない。レイフが身動きしたのが気配でわかった。ターニャは彼に向き直った。彼は半身を起こしていた。その顔はまったくの無表情だ。目はどこまでもブルーの色をたたえているだけ。

「いつのことかがそんなに重要なの？」ターニャはさっきの彼に負けず劣らず抑揚のない口調で言った。

「重要だね」

ターニャの怒りがふくれあがった。「あなたに襲われた日の前の晩、ピルをのみ忘れてしまったの」

レイフが愕然としたように目をむくのを見て、ターニャは残酷な喜びを感じた。やがて彼の表情が不信感で陰った。「ニッキーは、その後二回ほど、きみとヨーアンソンがいっしょにいるところを見たと言っていた」

ターニャの中で火山が爆発した。もうとても冷静ではいられない。目が炎の熱さと氷の冷たさをたたえた。「ニッキーが！」たたきつけるように言う。レイフはわたしがあれだけ言ったのに、まだニッキーを解雇していないのだ。そして彼女が妻の陰口をたたくのを、うのみにしているのだ。

激しい怒りでターニャの体が震えだした。レイフの首をしめてやりたい。愛と憎悪がわかちがたくからみあって、すべてをのみこもうとしている。ターニャは夢遊病患者のようにふらりと向きを変え、再びドアに向かった。しばらくレイフから逃げなくては。

「ターニャ……」せっぱつまったしゃがれ声でレイフが訴えかける。

彼が起きだしてくる音がしたが、ターニャは追いかけてきてほしくなかった。いまはまだ。わたしの頭が多少なりともひえるまでは。ターニャは戸口でふり返り、とがったまなざしでレイフを見つめた。

「あなたの子どもなのよ……。あなたの……」

それ以上は胸がつかえて言えなかった。涙で視界がかすむ。ターニャはよろめくように廊下に出て階段に向かった。が、前が見えなかったのか、あるいは膝ががくがくしていたせいなのか、階段の一番上で足を踏みはずしてしまった。

体が前のめりに傾いたかと思うと、階段が急激に目前に迫ってきた。ターニャはとまるすべもなく下へ下へと落ちていく。そして最後に、頭をしたたか打って、強烈な痛みの中に……さらには痛みも何もない真っ黒な闇の中に吸いこまれていった。

# 12

レイフは階段を猛然と一、二段おきに駆けおりた。恐怖と絶望で頭が混乱しかけている。「ターニャ……ターニャ……」しぼりだすような自分の声が聞こえたが、時すでに遅く、彼女の柔らかな体は無情な階段に打ちつけられながら転落していった。

レイフは一番下のてすりの支柱にターニャが頭をぶつけたのを見て、吐き気にも似た悪寒を覚えた。彼女が玄関ホールの大理石の床にどさりと倒れこんだときには、胸が無気味なほど激しく早鐘を打ちはじめた。

ターニャは意識を失って、力なく横たわったまま身じろぎもしない。レイフは全身を震わせながらターニャの横にひざまずいた。そろそろと首に手をあて、頸動脈を探る。ゆっくりとした脈を感じ、安堵の思いが震えとなって背筋を駆け抜けた。彼女は生きている。まだ生きている。

レイフはなんとか自分を励まして、ぐったりしたターニャの体を調べた。注意深く脚や腕にさわっていく。どこも骨折したところはないようだ。だが首や脊椎に損傷を受けているかもしれないから、へたに動かしては危険だ。その不安が、強く抱きしめたいというレイフの衝動を押しとどめた。

ターニャの顔はひどく青かった。レイフは乱れて床に広がった赤褐色の髪をそっと撫でながら、心の中で強く念じた。目をあけてくれ。頼むからあけてくれ。ターニャがかすかにうめいた。わずかに頭が動き、両膝が胸のほうに引きよせられる。レイフはほっとして彼女を腕に抱きよせた。ターニャはまばたきして目をあけ、彼の顔を見た。

「わたしの赤ちゃんよ。流産したほうがいいなんて思わないで」妙に頼りない声でターニャは言った。

「ぼくたちの赤ちゃんだよ、ターニャ。ぼくたちの子だ」レイフは勢いこんで言ったが、ターニャに聞こえたかどうかはわからない。彼女の目はすでに彼から離れて焦点を失い、体の力が抜けると同時にまたとじられた。「ターニャ……流産なんか絶対にさせないよ」レイフは彼女を抱きすくめてかすれ声で言った。チャンスさえ与えてくれたら、決して悪いようにはしない。それをターニャに知ってほしい。

ターニャが反応してくれるのを、彼は無限とも思われるほど長い間待った。だが彼女はもうぴくりとも動かなかった。レイフの腕の中で命のない人形のようにだらりとしている。このままではいけない。何かしなくては。もしも彼女が死んでしまったら……。

ターニャのいない人生……。そんなのはとても耐えられない。

レイフの頭はフル回転しはじめた。最初に思いついたのは、彼女をもっと寝心地のいいところに移すということだった。でも、いまは動かさないほうがいいかもしれない。医者を呼ぶのが先だ。救急車だ。毛布も持ってこなくては。体をひやさないようにするのだ。

彼はそのひとつひとつをてきぱきと片づけ、自分も急いで服を着た。ターニャにつきそって病院に行き、ずっとついていてやらなくてはならない。すべて用意が整うと、レイフは再び彼女の横にひざまずき、両手でそっと頭をささえた。力いっぱい抱きしめたいのをやっとの思いで我慢する。

ターニャはまったく動かない。レイフはタオルで彼女の額や頬をそっと拭きながら、意識をとり戻してくれることを願って何度も何度も名前を呼んだ。だが相変わらず反応はなく、レイフの心は絶望にのみこまれた。彼はとてつもなく不安だった。もしかしてターニャはぼくを罰するために死んでしまうのではないだろうか。

彼女のおなかの中の赤ん坊……。

むろんぼくの子どもに決まっている。それを疑うなんて頭がどうかしている。ニッキーのことはターニャが言っていたとおりだった。間違っていたのはぼくのほうだったのだ。この一週間で、ぼくもずいぶんいろいろなことに気がついた。裏に悪意が秘められたニッキーのさまざまなせりふ……。でも、少なくともニッキーのことに関してはぼくは正しい処置をとった。もうニッキーの問題は解決する。ターニャが無事でいてくれさえすれば……。

自分を恥じる気持がレイフの心に爪を立て、魂にまで食いこんだ。彼は両手で顔をおおった。ぼくにはターニャをとり戻すことはおろか、顔を見る資格さえない。なぜニッキーがぼくの心に疑惑の種を植えつけるのを、そのまま放っておいたのだろう？ ターニャのいない人生に、いったいどんな意味があるのだろう？ もしかしたら親父の生きかたは正しかったのかもしれない。人生で何よりもたいせつなのは愛なのだ。

ぼくはターニャに、愛していると言葉で言ったことがない……自分の目的を果たそうとするとき以外は。ターニャはぼくがどれほど彼女を愛しているか知らない。彼女のいない人生がどれほどむなしいか。ぼくは貪欲だった……ターニャに対しても、あらゆることに対しても……すべてを自分の思いどおりにしようとしていた……。

七歳のとき以来、初めてレイフの目から涙がこぼれ落ちた。もしターニャが流産してしまったら、ぼくは一生自分を許せないだろう。

「赤ちゃんは……？」

「無事だよ、ターニャ。何もかも大丈夫だ。先生が万事問題ないと言ってくださっている。だからもう心配しないで」

まだはっきりしないターニャの意識にレイフの声がすべりこんできた。無事……その頼もしい言葉が意識にしっかり根をおろす。なんてすてきな言葉なのかしら。それにわたしの手を撫でている手も、あたたかくていたわりにみちている。

「ターニャ……」

レイフが呼んでいるわ。はるかかなたから聞こえてくるようだけれど、その声には懇願するような響きが含まれている。ターニャは彼の声にこたえたくて目をあけた。まわりの風景はゆらゆれているが、ひとつだけくっきりと現実的なものがあった。わたしのすぐそばにいるレイフ。ちっとも遠くない。

焦点が徐々に定まって、あたりのものがはっきり見えてきた。レイフはわたしが寝ているベッドの横で椅子に腰かけている。見知らぬベッド、見知らぬ部屋だわ。それにレイフもやけにやつれた顔をして、わたしを燃えるような目でひたと見つめている。

「ここはどこ?」ターニャはこの状況をなんとか理解しようとして尋ねた。

「病院だよ、ターニャ」レイフがいたわるように低く答えたが、やつれた顔がいっそうこわばったのがわかる。「何も心配はいらない。きみは階段で頭を打って脳震盪(のうしんとう)を起こしたが、赤ちゃんにはなんの影響もないそうだ。しばらく安静にしていれば、すぐによくなるよ」

記憶がうずきだし、ターニャはじっとレイフを見つめた。すべてがよみがえってくる。彼に妊娠したと告げたこと……それに対する彼の反応……怒りと悲しみ……そして足を踏みはずし……転落……。

「わたし、どのくらいここで寝ていたの?」ターニャはよみがえる心の動揺を抑えながら尋ねた。

レイフはほっとしたような顔になった。視線を無理やりターニャの顔から引きはがすようにして、腕時計をちらりと見る。「十二時間ぐらいだ」かすれた声で言いながら、ターニャの顔に視線を戻す。

彼、ひげをそる必要があるわ、とターニャは思った。シャツのボタンも半分しかとめられてない。髪もすっかり乱れている。十二時間……ということは、もう朝の十時近いはずだ。でも、レイフはここにいる。わたしを置いて仕事に行きはしなかった。

「ずっと……そばにいてくれたの?」

レイフはうなずいた。ターニャの手を震える手で強く握りしめる。わたしの手をとっていたのは、もちろんレイフだったのだ。

赤ちゃんは無事だというけれど、レイフは子どもがほしくないのだ。そう思うと、ターニャの心に深い悲しみの波が広がった。彼はこの赤ちゃんをほかの男の子どもかもしれないとさえ思っている。でも、わたしのことは気づかってくれているわ、とターニャは自分に言いきかせた。でなかったら、こんな顔でそばについていてくれはしないだろう。

「わたし、ほかの男性とつきあったことなんかないのよ、レイフ」ターニャは信じてほしいと目で訴えかけながら言った。「あなた以外の男性には興味もないわ」

「しーっ……」レイフの顔が苦悩にゆがんだ。「きみを愛してるんだ。きみだけを」言葉を探すような表情になって、ぎこちなく続ける。「ぼくの人生にはきみが、きみときみの子どもが必要なんだ。きみがぼくに与えてくれるすべてが必要なんだよ。もう二度ときみを疑いはしない」そして許しを請うようなしゃがれ声になった。「ぼくが間違っていた。ほんとうに……ほんとうにすまなかった」

安堵で心の痛みが嘘のように消え、ターニャはまじまじと彼を見つめた。これは昔のレイフじゃない。

傷ついて自らも心の痛みを知った、新しいレイフだ。子どものころにどれほどつらい経験をしたにせよ、彼は変わったのだ。

「どうか許してほしい」レイフは感情のこもった声で言った。

ターニャは胸をしめつけられ、涙ぐんだ。レイフが……とうとう心を開いてくれた。「あなたをいつまでも愛し続けるわ」そうささやいたが、心の底にはニッキー・サンドストラムの影がちらついている。いつまた彼女がレイフの心に毒を流しこみ、彼を奪っていくかわからない。

レイフの緊張しきった顔が涙でぼやけ、ターニャは目をしばたたいた。レイフは何かつぶやいたが、声が低すぎてターニャには聞きとれない。きっと何か祈りのようなものだったのだろう。

レイフは彼女の手を唇に持っていき、てのひらに熱くくちづけをした。それから彼女のぬくもりを求めるように、てのひらに頬をすりよせる。ターニャはまた目をしばたたいた。それからターニャにレイフもぱちぱちとまばたきする。ターニャの全身にしみとおるような、喜びにみちた微笑だ。「きみを愛してる。いつまでも愛し続けるよ」

ニッキー・サンドストラムの脅威が遠のいた。レイフはわたしのものだ。これからもずっと。わたしが彼のものであるように。

「こんなことは、いま話すべきではないんだろうが」レイフが心配そうに彼女を見つめてそっと言った。「ニッキーが嘘をついていたことがわかったんだ。もう彼女のことは心配しなくていい。今後ニッキーにはいっさい干渉させないよ。昨日の午後、彼女の辞表を受理したんだ」

ターニャはびっくりした。「つまり……あのレストランで……わたしと会ったあとに？」

レイフはうなずいた。「あそこできみを無視したあの態度と、きみが出ていったあとにヨーアンソンときみについて言ったことが決定打になったんだ。彼女に関してはきみの言うとおりだった。最初はなかなか信じられなかったけどね。長い間ぼくの片腕として働いてきてくれたから、信頼しきっていたんだ。ほんとうにすまなかった、ターニャ。彼女がぼくたちにとってどれほど有害な人間だったか、ようやくわかったよ」

「なぜもっと早く話してくれなかったの?」ターニャは言った。わたしがどんなに彼女を遠ざけたがっていたか、彼はよくわかっていたはずなのに。

レイフはすまなさそうに顔を曇らせた。「きみに会ったらすぐに話すつもりだったんだが、ビアの家の玄関先で、きみがもう荷作りをしてぼくのもとに帰るつもりでいるんだとわかったとたん、ニッキーのことなど頭から吹っとんでしまったんだよ。きみが帰ってきてくれるなら今度こそうまくやろうと、もうそれしか考えられなくなってしまって……。ところがきみに赤ちゃんができたと聞かされた瞬間、ぼくは……」そこでつらそうに首をふる。「ふっと疑ってしまった。ほんとうにごめん、ターニャ。もう決してきみを苦しめはしない。誓うよ」

ターニャは寂しげにほほえんだ。「赤ちゃんのことは、わたしのほうこそごめんなさい。あなたが子どもをほしがっていないのはわかっていたのに――」

「それは違う、ぼくだって子どもはほしいんだ!」レイフは血相を変えてさえぎった。「子どもができてほんとうに嬉しいんだよ、ターニャ。どうか信じてくれ」

ターニャにはとても信じられなかった。だが、彼の真摯なまなざしがターニャの疑念をとかしはじめた。

「あなた、わたしが子どものことを話題にするのさえいやがっていたわ」ためらいがちに言う。

レイフは目を伏せ、自分を恥じるように吐息をついた。「それは子どもがほしくないからじゃないんだ。ぼくは子どもができたためにおふくろがどうなったか、いやというほど見てきた。だからきみをそんな目にあわせたくなかったんだよ。きみに自由でいてほしかったんだ。おふくろみたいにいつも子どもに縛られ、いつも雑事に追いまわされ……」

「わかるような気がするわ」ターニャがそっと言った。

レイフは安心したように再びターニャの顔を見た。

「ぼくは弟や妹の面倒をずいぶん見てきたから、子どもの扱いには慣れている。きっと助けになれるはずだよ」

その言葉に、ターニャはこぼれるような笑みをうかべた。「ひとりっ子だったせいか、わたしは二人以上ほしいと思ってるの」

レイフは片頬をゆがめて笑った。「いまから次の子を作るのはちょっと早すぎるな。まずはおなかの中のベビーを無事に産んでくれなくちゃ」

ターニャは幸せいっぱいの笑い声をあげた。「いまから約束しておくわ、ダーリン。チャンスはいくらでもあげる」

レイフの目に燃えあがったのは欲望ではない、とターニャは思った。それは欲望ではなく愛情だ。強く、ひたむきな愛。

「抱きしめて、レイフ」ターニャは柔らかな声で言った。

レイフはターニャを抱きしめ、キスをした。ターニャは今度こそほんとうに、ふるさとに帰ってきたことを実感した。自分たちがようやく理解しあい、確かな絆(きずな)で結ばれたことを……。

　ぼくはナイトを気どりすぎているのかもしれないが、ええい、ままよ、とハリー・グラハムは思った。レイフとターニャが再びいっしょにいるところを見たい。昨日ターニャの欠勤の事情について電話してきたとき、レイフは面会に来てくれてかまわないと言ったではないか。そればかりか、彼女がぼくに会いたがっているとも。だからぼくが行っても別に問題はないはずだ。もっともレイフは、自分が父親になると知って気が大きくなっているだけなのかもしれない。だとしても、その気持がそうすぐにしぼんでしまうことはないだろう。

　ハリーは病室のナンバーを見ながら廊下を歩いていき、目的の部屋を探しだした。だが、自分が邪魔者のように感じられ、戸口でちょっとためらった。幸せそうにほほえみあっている二人の姿に一瞬激しい羨望を感じ、慌ててそれを抑えこむ。二人が離婚せずにすんでほんとうによかった。離婚は地獄だ。

「まずはおめでとうと言うべきだろうね」彼はそっけない口調で言って、自分が来たことを知らせた。

　ターニャがベッドの上からこちらを見た。腕には階段をころがり落ちたときにできたあざが残っているが、表情は明るい。「ハリー！　よく来てくださったわ」

　レイフ・カールトンがさっと立ちあがり、親しげに手を差しだしてハリーを迎えた。「ターニャの退職の話、気持よく受けいれてくれてありがとう、ハリー。まだ働きはじめて間もないのに」

　もう〝グラハム〟ではないんだな、とハリーは内心ほほえんだ。もう嫉妬心は消えたのだ。レイフの手をとると、ハリーはしっかり握りしめた。「そんなことは気にしなくていいんだよ」二人を安心させるように言う。最初から、いつまでもこの状態が続くとは思っていなかったのだ。レイフ・カールトンは自分のほしいものを簡単にあきらめるようなタイプではない。いまの様子からすると、過ちを繰り返すタイプでもなさそうだ。ハリーはにやりと笑った。

「昔からターニャにとっては、仕事よりも子どものほうが大事なんだと思っていたからね」ヘレンも子どもをほしがってくれさえしたら……。だが、いまさらそんな泣きごとを言っても始まらない。

「それに彼女には、ぼくの仕事を手伝ってもらわなければならないしね。そうだろう、ダーリン？」レイフが言った。

ターニャの顔に喜びの色が広がった。「できるかぎりのことはするわ」

「きみの奥さんは実に有能だよ、レイフ」ハリーは機嫌よく言って、ベッドに近づくと花束を差しだした。「ブルーのやぐるまそうは男の子のため、ピンクのカーネーションは女の子のためだ。どっちにころんでもいいように両方をまぜたんだ」

ターニャは声をあげて笑った。「ありがとう、ハリー。それにいろいろと、これまでのことも。あなたってほんとうにすばらしい男性だわ」

ハリーは眉をぴくぴくと動かしながらレイフのほうを向いた。「これでもう少し男の色気があったら、もっとうまくやれたんだろうがね」

「そうともかぎらないさ」レイフが苦笑を返して言った。「その場合には、またそれなりの問題が出てくるものだ」

ハリーは笑った。「なるほど、それもそうだ」セクシーなだけで頭の足りない若造にヘレンを奪われた痛みは、まだ心の傷として残っているけれど、それを隠して明るい口調で言う。

「ターニャが元気になったら、ぜひ一度わが家に食事に来てもらいたいな」レイフが言った。

「ほんとうに、ぜひ」ターニャも熱心に言いそえる。

「喜んで」とハリーは答えた。これは口先だけの返事ではなかった。この世はいやなことだらけだし、幸福なカップルにつきあうのはめったにない楽しみだ。それにぼくも彼らとの友情を深めていきたい。第一、孤独な夜がひと晩まぎれるだけでもありがたいことだ。

十カ月後の晴れた日曜の朝、デイビッド・ジェームズ・カールトンが洗礼を受けた。教会から戻ると、ターニャとレイフは自宅で身内をもてなした。ほんとうに楽しいパーティーになった。レイフがみんなに幼い息子を見せてまわるのを、ターニャはこの上なくみちたりた気分で見守った。

「あなたにそっくりだわ、レイフ」ソフィアが孫を見つめて目を細めながら言った。

「いや、このえくぼはターニャ譲りだよ、ほら」とレイフは母親以上にとろけそうな顔をして、息子の顎の真ん中にある小さなくぼみを指さした。

ターニャは思わずほほえんだ。誇らしげな父親となったレイフ。家族にわが子のお披露目をするこのパーティーを、心から楽しんでいる。

かつては子どもが二人を引き離す原因になるかもしれないと考えていたなんて、いま思うと嘘のようだ。いまのわたしたちはこれまで以上にかたく結ばれている。いっしょにわが子の誕生を迎え、この小さな命のすばらしさをともに喜び、日々の新しい経験をわかちあっている。

人生はすばらしい。

ふと気づくと、ハリーがレイフの甥っ子を肩車して笑わせていた。あの二人が親子になったとは、世の中わからないものだ。夫に先立たれたレイフの妹とハリーがいっしょになるなんて、誰が予想しただろう。もっとも二人は初対面から、はた目にも明らかなほどお互いに夢中になっていたけれど……。そのときのことをターニャはよく覚えている。彼女もレイフも、別に縁結びをするつもりはなかった。ただハリーを食事によんだ際、食卓のバランスを考えてテリーザも招待しただけなのだ。それがこういう結果になるとは、思いがけない喜びだ。

　ビア・ウェイクフィールドの声で、ターニャはとりとめのない物思いからわれに返った。「ねえ、うまく頼んだらレイフはわたしにちょっとひ孫を抱かせてくれると思う?」

　ターニャは笑いながら祖母をふり返った。「もちろんよ、おばあちゃん」

　祖母の目がターニャを見つめてきらめいた。「レイフから坊やをとりあげる前に、ちょっとあなたに話しておきたいことがあるんだけど」

「なあに?」

「あなたのおじいちゃんのことよ」

「何かしら?」ターニャは祖父の顔をほとんど覚えていない。祖父は彼女が五つのときにこの世を去っていたので、よく膝に抱っこしてくれたおぼろげなイメージしか残っていなかった。

　祖母はなつかしそうなまなざしになった。「いいえね、別にたいしたことじゃないんだけど、あなた、レイフの家をとびだしてきた日のことを覚えているでしょう?」

「ええ」

「あれはあなたがいけなかったわね、ターニャ」祖母はたしなめるように言った。

「ええ」ターニャはちゃんと懲りていた。

「あのときのあなたには、わたしに言えないことがあったんじゃないかと思うんだけど」

　ターニャは決まりが悪くなった。「そのとおりよ、おばあちゃん」

「恥ずかしがることなんかなかったのに」祖母はかすかな笑みをうかべた。「わたしにはよくわかるのよ、ターニャ。あなたのおじいちゃんも、寝室ではたいへんな悪魔だったんだから」

堂々と言ってのけると、ビアはさっさとひ孫を抱きに行き、ターニャはあんぐりと口をあけた。ビアにわが子を奪われたレイフはまっすぐターニャのところに来て、その体を抱きながら問いかけるように眉をあげた。「どうかしたのかい、ダーリン？」

「いいえ、別に」ターニャは驚きから覚め、笑顔でレイフを見あげた。「ただ、おばあちゃんはわたしが思っている以上にいろいろとものがわかっているようだってことよ、レイフ」

「彼女にしてみれば、言いたいことは山ほどあるんだろう」

レイフはかすかに恨めしそうな微笑をうかべた。

「そういう意味じゃないの」

レイフはターニャを抱きよせ、ブルーの目を輝かせた。その意味ありげな輝きに、ターニャの脈はたちまち速くなった。「ぼくたちがちょっと……そうだな、二十分ぐらい……席をはずしたら、誰かに気づかれてしまうかな？」

ターニャは頬を染めて笑った。「おばあちゃんは気がつくと思うわ。でも、きっと何も言わずにいてくれるわよ」

「ほう？」レイフは眉をあげた。

「別になんとも思わないでくれるはずだわ」

「だったら？」

「わたし、襲われたい気分なの」

「きみのそういうところも好きなんだよ、ダーリン」レイフはターニャをそっと廊下に促しながら、耳もとでささやいた。

「襲われるのが好きだってところが？」

「うん……きみはいつだってぼくに襲われたがっているんだ。永久にね」

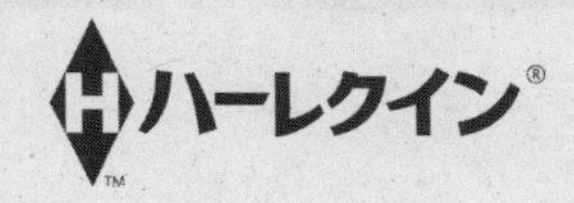

ハーレクイン・イマージュ　1993年2月刊（I-770）

愛の岐路
2024年8月20日発行

| | |
|---|---|
| 著　者 | エマ・ダーシー |
| 訳　者 | 霜月　桂（しもつき　けい） |
| 発行人 | 鈴木幸辰 |
| 発行所 | 株式会社ハーパーコリンズ・ジャパン<br>東京都千代田区大手町 1-5-1<br>電話 04-2951-2000（注文）<br>0570-008091（読者サービス係） |
| 印刷・製本 | 大日本印刷株式会社<br>東京都新宿区市谷加賀町 1-1-1 |
| 表紙写真 | © Revensis ｜ Dreamstime.com |

ISBN978-4-596-96144-0 C0297

**8月30日発売** ハーレクイン・シリーズ 9月5日刊

## ハーレクイン・ロマンス

愛の激しさを知る

| | | |
|---|---|---|
| 黄金の獅子は天使を望む | アマンダ・チネッリ／児玉みずうみ 訳 | R-3901 |
| 嵐の夜が授けた愛し子<br>《純潔のシンデレラ》 | ナタリー・アンダーソン／飯塚あい 訳 | R-3902 |
| 裏切りのゆくえ<br>《伝説の名作選》 | サラ・モーガン／木内重子 訳 | R-3903 |
| 愛を宿したウエイトレス<br>《伝説の名作選》 | シャロン・ケンドリック／中村美穂 訳 | R-3904 |

## ハーレクイン・イマージュ

ピュアな思いに満たされる

| | | |
|---|---|---|
| 声なき王の秘密の世継ぎ | エイミー・ラッタン／松島なお子 訳 | I-2817 |
| 禁じられた結婚<br>《至福の名作選》 | スーザン・フォックス／飯田冊子 訳 | I-2818 |

## ハーレクイン・マスターピース

世界に愛された作家たち
〜永久不滅の銘作コレクション〜

| | | |
|---|---|---|
| 伯爵夫人の条件<br>《特選ペニー・ジョーダン》 | ペニー・ジョーダン／井上京子 訳 | MP-101 |

## ハーレクイン・ヒストリカル・スペシャル

華やかなりし時代へ誘う

| | | |
|---|---|---|
| 公爵の花嫁になれない家庭教師 | エレノア・ウェブスター／深山ちひろ 訳 | PHS-334 |
| 忘れられた婚約者 | アニー・バロウズ／佐野　晶 訳 | PHS-335 |

## ハーレクイン・プレゼンツ作家シリーズ別冊

魅惑のテーマが光る
極上セレクション

| | | |
|---|---|---|
| カサノヴァの素顔 | ミランダ・リー／片山真紀 訳 | PB-392 |

※予告なく発売日・刊行タイトルが変更になる場合がございます。ご了承ください。

# 今月のハーレクイン文庫

8月刊 好評発売中！

Harlequin 45th Anniversary

帯は1年間"決め台詞"！

## 珠玉の名作本棚

### 「浜辺のビーナス」
**ダイアナ・パーマー**

マージーは傲慢な財閥富豪キャノンに、妹と彼の弟の結婚を許してほしいと説得を試みるも喧嘩別れに。だが後日、フロリダの別荘に一緒に来るよう、彼が強引に迫ってきた！

（初版：D-78）

### 「今夜だけあなたと」
**アン・メイザー**

度重なる流産で富豪の夫ジャックとすれ違ってしまったレイチェル。彼の愛人を名乗り、妊娠したという女が現れた日、夫を取り返したい一心で慣れない誘惑を試みるが…。

（初版：R-2194）

### 「プリンスを愛した夏」
**シャロン・ケンドリック**

国王カジミーロの子を密かに産んだメリッサ。真実を伝えたくて謁見した彼は、以前とは別人のようで冷酷に追い払われてしまう――彼は事故で記憶喪失に陥っていたのだ！

（初版：R-2605）

### 「十八歳の別れ」
**キャロル・モーティマー**

ひとつ屋根の下に暮らす、18歳年上のセクシーな後見人レイフとの夢の一夜の翌朝、冷たくされて祖国を逃げ出したヘイゼル。3年後、彼に命じられて帰国すると…？

（初版：R-2930）